什么是最重要的?

就是要有一个健全的内心。

从什么地方开始?

全面地接纳你自己。

不要让过去，破坏我们享受眼前美好
快乐的能力。生命中的痛苦就像盐，
看你把它溶解在一个多大的容器中。
如果是海湾，那便云淡风轻了。

《蝴蝶》

杨土土
布面油画
120 cm×100 cm
2022 年

《蝴蝶》 局部 01

《蝴蝶》局部 02

凡是自然的东西，都是缓慢的。
太阳一点点升起，一点点落下。
花一朵朵地开，一瓣瓣地落下。
稻谷成熟。都慢得很啊。

《紫色虞美人》

杨土土
布面油画
50 cm×60 cm
2022 年

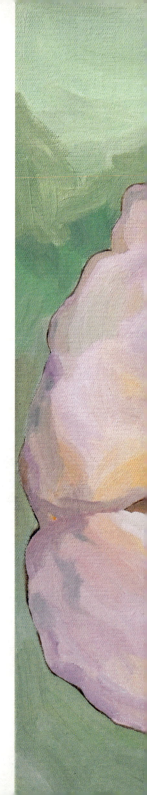

《紫色虞美人》 局部 01

玫瑰色的天空盛开
一些花朵，送给深
爱的你。

《和你在一起》

杨土土
布面油画
50 ㎝×60 ㎝
2022 年

一生珍爱自身，并把他人的生命
看得如珠似宝，全力保卫这宝贵
而脆弱的珍品。

《落日下的苔斯皮纳》

杨土土
布面油画
60 cm×80 cm
2018 年

《落日下的苔斯皮纳》 局部 01

不要视时间为敌人，
给自己一个良好的预言，
你会惊奇地发现，
希望之花一朵朵开放。

《夏日读书的女人》

杨土土
布面油画
50 cm×60 cm
2022 年

你生而有翼

毕淑敏
散文精选

毕淑敏 著

北京联合出版公司
Beijing United Publishing Co.,Ltd.

序

俞敏洪

    "东方名家经典"系列中的散文精选集推出来了，我特别开心。开心，不仅因为这一想法的最初创意我积极参与了，而且我本人对于散文这种表达方式也情有独钟。同时，这一创意，也能够成为我和那些著名作家和散文家联结和交流的桥梁。

    小说、诗歌、散文三种文体，我都很喜欢。高中之前读小说比较多，稚嫩的心灵需要故事的滋养，小说中的人物人格对读者品格和个性的塑造，常常会产生重大的影响，所以我们说：少不读水浒，老不读三国！从高中到大学，我更多地阅读诗歌，当然主要是现当代诗歌，不仅读，自己也学着写。二十世纪八十年代，诗歌的阅读和写作风靡全国，那种青年的朦胧情感和激情，需要从诗歌中汲取营养和寻找出口。当少年的幻想和青年的激荡开始退潮，我们开始面临的，是平凡的日常和绵延的岁月，这时候，我们的心灵，更加需要润物细无声的滋养。从大学毕业开始，阅读散文就成了我的习惯，并且一直持续到今天。

其实，我们从上学伊始，就一直在得到散文的滋养。十二年的中小学岁月，我们几乎每一个人，应该都或多或少背诵过一些散文，从古文的《爱莲说》《岳阳楼记》《醉翁亭记》，到现代散文《绿》《背影》《雪》，我们大部分人都耳熟能详。我们大部分人的表达能力和写作能力，也是从写作散文训练开始的。散文，尽管不如小说扣人心弦，也不如诗歌慷慨激昂，但却如涓涓细流，滋润心田。一盏茶、一杯酒，孤灯相伴，没有比反复阅读精美的散文更加能够让人心平气和的了。

散文读多了，我自己也尝试着写作。初中的时候我尝试写过小说，事实证明我的想象力太贫乏，根本成不了小说家。大学时候我尝试着写诗歌，希望通过诗歌打动心上人的芳心，结果芳心在读完我写的诗歌后瞬间枯萎。我终于发现我是一个从生活到情感都很朴素平凡的人，用朴素平凡的语言来记录自己的生活和思想，才是最适合的方式。创立新东方后，我一头扎进了新东方生死存亡的经营之中，有很长一段时间既不怎么阅读，也不怎么写作。等到终于意识到生命比生意更加重要，已经人到中年。终于重新拿起书，拿起笔，开始了只求意会的阅读和随心随意的记录。我一直认为，生命中的一些事情和情感，是需要记录的，而记录最好的方式，当然就是散文。记录，不是为了出版，不是为了宣传，而是为了自己，为了自己一生走来，能够回头去寻找过来的路径。这几年，我也出版了几本散文集，可惜由于文笔和思想欠佳，始终没有什么大气的文字出现。

每每当我阅读到优秀的散文时，我就爱不释手，到今天我还有意无意会去背诵一些特别优秀的散文段落。周围也总有朋友和家长问我，我们的孩子怎样找到优秀的散文阅读。这些询问，终于激发我产生了收集优秀的散文，并且结集出版的想法。新东方有自己的编辑队伍，现在又有了以东方甄选为主要平台的推广业务，很多现在在中国活跃的作家和散文家还和我有私交，有了这些条件，我觉得要是不做这件事情，都对不起自己。于是，我跟一些作家谈了我的想法，结果得到了他们的鼎力支持！

大部分作家都著作等身，我们从什么角度来选取作家的散文，变成一本精选集，就成了一个问题。最后，我们决定以"成长"为切入角度。我们希望，这套"东方名家散文选"，更多的是为青少年进行编辑，让青少年通过阅读这些名家散文和他们的成长回忆，得到启发和励志，帮助青少年更加美好地成长。通过阅读这些文字，这些著名的作家不再是一个个神一样的存在，而是还原成一个个有血有肉的人，有欢笑有眼泪，有成功也有失落。追寻这些优秀作家的成长脚步和他们对于人生的思考，我们不仅在品味他人的人生发展，更是在潜移默化地设计自己的人生之路。也许，在不知不觉之中，我们走上了一条更加明亮的发展道路。

在我们被忙忙碌碌的日常事务所淹没的今天，我们更加需要阅读来拯救自我的心灵。新东方在过去的几年中，一直在努力推广阅读。去年一年，在东方甄选、新东方直播间和我个人的平台上，销售出去的图书就超过五百万本。其中不光包含市面上一些耳熟能详的畅销品类，还有很多平时稍显冷门的纯文学类的甚至哲学类的图书。由此我们感受到，越来越多的读者正在回归阅读的本质，越发注重阅读带来的精神上和心灵上的愉悦与滋养。因此，我们新东方的这套散文集，也是本着这样一种使命感与责任感，精心梳理编辑，推给广大读者。

在这套散文集之后，我们还会陆续推出越来越多的好作家的好作品。我们希望自己能通过大众阅读与更多的人建立联结。去年一年，我还做了一件事，就是开了一家新书店，叫"新东方·阅读空间"。买书和读书这两件事，我自己一直没有中断过。现在，我又开始写书、做书和卖书。不过，这个阅读空间作为一个实体书店，我希望它不以卖书为主，而以阅读为主。

人生在世，总要做一些绝对不会后悔的事情，而阅读，就是你怎么做都不会后悔的事情，尤其是当你阅读的是文笔和内容俱佳的散文。

让我们一起打开"东方名家经典"，开启一次愉快的精神之旅吧。

目　录

亲爱的生活

作为人的力量与答案

看心理医生的人

铭刻的高原青春

写作和织布

我为什么要学心理学

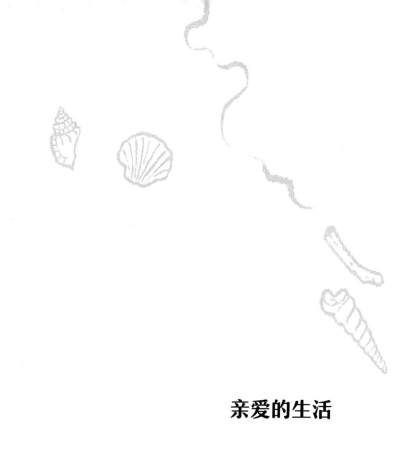

亲爱的生活

我对生命悲观 但不厌倦生活

那一年，我和朋友应邀到某大学演讲。关于题目，校方让我们自选，只要和青年的心理有关即可。朋友说，她想和学生们谈谈性与爱。我打趣说，既然你谈了性与爱，我就成龙配套，谈谈生与死吧。半开玩笑，不想大家听了都说"OK"，就这样定了下来。

死是一个哲学命题，有人戏说整个哲学体系，就是建立在死亡的白骨之上。我深知自己不是一个哲学家，思索死亡，主要和个人惧怕死亡有关。在我四五岁时，一次突然看到路上有人抬着棺材在走，我问大人，这个盒子里装着什么？人家答道，装了一个死人。当时我无法理解死亡，只觉得棺材很小，一个人躺在里面，蜷起身子像个蚕蛹，肯定憋得受不了……于是小小的我，产生了对死亡的惊奇和混乱。这种惊奇和混乱使我在相当长一段时间内对死亡很感兴趣。我个人有着数十年从医经历，在和平年代，医生是一个和死亡有着最亲密接触的职业。无数次陪伴他人经历死亡，我不能不对这种重大变故无动于衷。还有很重要的一点，就是我十几岁就到了西藏，那里严酷的自然环境和孤寂的旷野冰川，让我像个原始人似的，思索着人从哪里来、要到哪里去这类看似渺茫的问题。

演讲一开始，我做了一个民意测验。我说大家对"死亡"这个题目是不是有兴趣，我心里没底。我不知道有多少人在看到这个题目之前，思索过死亡？

此语一出，全场寂静。然后，一只只臂膀举了起来，那一瞬，我诧异和讶然。我站在台上，可以纵观全局，我看到几乎一半以上的青年人举起了手。我明白了有很多人曾经认真地想过这个问题，比我以前估计的比率要高很多。后来，我还让大家做了一个活动——书写自己的墓志铭。

那天在礼堂的讲台上，有一段时间，我这个主讲人几乎完全被遗忘了，一个又一个年轻的生命为自己设计的墓志铭，将所有的心震撼。

这些年轻的生命，因为思索死亡而带给了自己和更多人力量。

那次讲演，对我的教育很大。人们常常以为，死亡是老年人才需要考虑的问题，这是误区。人生就是一个向着死亡的存在，在我们赞美生命的美丽、青春的活力的时候，我们其实就是肯定了死亡的必然和老迈的合理性。试想一下，如果没有死亡，地球上早就被恐龙霸占着，连猴子都不知在哪里哭泣，更遑论人类的繁衍！

每个人，从我们一出生，生命之钟的倒计时就开始了。

当我写下这些字迹的时候，我就比刚才写下题目的时刻，距离自己的死亡更近了一点。面对着生命有一个大限存在这样一个残酷的事实，我们无论是年老或年轻，都要直面它的苛求。

一个人年轻的时候就思索死亡，和他老了才思索死亡，甚至知道死到临头都不曾思索过死亡，是完全不同的境界。知道有一个结尾在等待着我们，对生命的爱惜、对光明的求索、对人间温情的珍爱、对丑恶的扬弃和鞭挞、对虚伪的憎恶和鄙夷，都要坚定很多。

有人问我，对生活，你有没有产生过厌倦的情绪？

说心里话，我是一个从本质上对生命持悲观态度的人，但对生活，基本上没产生过厌倦情绪。

这好像是矛盾的两极，骨子里其实相通。也许因为青年时代，在对世界的感知还混混沌沌的时候，我就毫无准备地抵达了海拔 5000 米的藏北高原。猝不及防中，灵魂经历了大的恐惧、大的悲哀。平定之后，也就有了对一般厌倦的定力。面对穷凶极恶的高寒缺氧、无穷无尽的冰川雪岭，你无法抗拒人的渺弱和生命的孤单。你有 1000 种可能性会死，比如雪崩，比如坠崖，比如高原肺水肿，比如急性心力衰竭，比如战死疆场，比如车祸枪伤……但你却在苦难的夹缝当中，仍然完整地活着。而且，只要你不打算立即结束自己的生命，就得继续活下去。

愁云惨淡畏畏缩缩是活，昂扬快乐兴致勃勃也是活。我盘算了一下，权衡利弊，觉得还是取后种活法比较适宜。不单是自我感觉稍愉快，而且让他人（起码是父母）也较为安宁。就像得过了水痘，对类似的疾病就有了抗体，从那以后，一般的颓丧就无法击倒我了。我明白日常生活的核心，其实是如何善待每人仅此一次的生命。如果你珍惜生命，就不必因为小的苦恼而厌倦生活。因为泥沙俱下、并不完美的生活，正是组成宝贵生命的原材料。

内在的洁净

现在的女子，对于服装的要求越来越高。每年都有流行色，如果你还穿着去年的流行色，那就是落伍，就是老土，就是搁浅在时代潮流沙滩上的孤独苦蚌。

有一次，我得到一个邀请，担当某服装委员会的顾问。我说，你有没有搞错啊，我是个连流行色都一问三不知的人，哪里能担当服装顾问？只有谢绝这一份信任了。他们说，就是愿意吸收各行各业的人都来关注服装，所以是外行并不要紧。我还是坚辞不受，本以为这件事就这样结束了，不想几天以后，他们又"曲线救国"，约了一位我所熟识的朋友来做说客。那朋友说，一个作家就应该与五行八作的人都说得上话。你对服装没有研究，正好借这个机会长长见识，何乐而不为？再说啦，人家还发你一套衣服，挺划算的。

朋友这番话的前半部分说服了我，我出席了那天的会议。会上，坐在邻座的是一位对服装颇有研究的先生，我和他聊起来，问，你们每年的权威发布，都依照什么原则呢？

那位先生一笑，说，你太认真了，流行色并没有你想象的那样复杂，不过就是一个概念。你想啊，服装这个东西是要提前做准备的，不能天气已经很热了，才想起做薄夏衣；也不能寒风刺骨了，才张罗做棉袄。特别是面料，更要有提前量。简单地说，就是要开一个会，大家坐在一起，讨论一番，定一个主色调，然后还有一些辅助的色系，最后就按这个原则去生产。到了季节，街上就都是这种色系的衣服，流行色就形成了。

我听得似懂非懂，问那么如果这个色彩今年流行不起来怎么办呢？那位先生可能觉得我冥顽不化，蔼然教导说，这怎么可能呢？大家都要穿新衣服，新衣服是从哪里出来的？还不是厂家做出来的吗？只要所有的厂家都齐心合力，都出产这个颜色的衣服，当然就会流行起来啊！再有了，我们既然制定了这个策略，就会大张旗鼓地宣传，比如说环保啦，沙漠啦，海洋啦，太空啦……找概念啊，开动一切机器来轰炸。另外还有一个法宝，就是让偶像代言。年轻人喜欢从众，一看他们心仪的艺人都穿上这类衣服了，当然会趋之若鹜。

听到这里，我只有拼命点头的份儿了，我就是再愚笨，也明白在这样强大的攻势之下，流行色当然生命力蓬勃。

那位先生看我茅塞顿开的样子，表示满意，说，如果你是生产厂家，你会怎样想？

我说，那还用问？当然是希望买我衣服的人，越多越好。

那位先生说，对啊，人心同理。要是谁都新三年旧三年，缝缝补补又三年，服装厂还不得关门？所以，每年的流行色一定要和上一年的有所不同，让你不能以旧充新、鱼目混珠。再有就是造声势，让你觉得自己穿的不是流行色，就感到自卑，不入流，被社会抛弃……这样的舆论氛围一旦形成，从众心理强的人，就会被裹挟而进，成了流行色的俘虏，厂家就会笑了。

我说，如果我硬是不买流行色，你们能怎么样呢？

那位先生和气地笑起来，说，那我们一点儿办法也没有。不跟着流行色走的人，通常分两类。一种是特别贫穷，他们原本就没有能力不停地置换服装，所以，也不是服装行业的消费者，基本可以忽略不计。再有一种，就是特别有品味的人，他们不在乎流行什么，只在乎什么东西对自己是最适合的。对这后一种人，我们也是鞭长莫及无可奈何啊。

那一天的交谈让我获益匪浅。这位先生让我获取了关于服装的真实情报，也许对于时尚中人，这些都是常识，但对我这样一个服装盲来说，的确醍醐灌顶。我想，我似乎不能算作买不起衣服的人，但也绝对不是有独立见解，能孤傲地挺立于潮流之外的人。对于我们普通人来说，如何在光怪陆离的现代服装海洋中，安然自得地驾着自己的小船，吟唱渔歌呢？我想最好的方式，就是保持衣物的洁净，不追赶时髦。因为流行色的实质，多是商人的利益追求，它打定了主意让你总是气喘吁吁手忙脚乱地追赶潮流。如果你的衣服有污渍，无论它多么华贵，在没有清洗干净之前，不要穿着它出门。华贵表达着你的财富，而洁净证明着你的品质。衣服只是外包装，内在的精神洁净才是最重要的。

在生活中排序的艺术

人如果能够区分事情的轻重缓急，生活就变得简单多了。

我有个很笨的毛病，就是在一段时间内只能做一件事。这让我非常佩服那些可以同时拿着几部电话，做出不同指示和表情的人。

我想天下有此禀赋的人，毕竟是少数。况且他们这样三心二意，在短时间内是可以的，长久下去，比如几十年之后，会不会罹患某种重疾，也不是我们现在就可以预料到的。所以，为普通人的健康和社会的长治久安考虑，我觉得还是老祖宗传下来的"一心不可二用"，比较安全。

可我们生活中的实际状况是——经常好几件重要的事，肩并肩地挤进你家门。比如孩子要高考，工作已经限定了最后的日期，家中又来了亲戚需要关照，还有一个朋友在离婚关头，没完没了地要找你倾诉……

怎么办呢？

生活的艺术在某种程度上，就是排序的艺术。把所有的事情捋一捋，标上个一、二、三、四，实在顾及不到的，只有在第一时间说"不"，这既是对自己的尊重，也是对他人的尊重。

比如上面列出的困境，依我看，第一是孩子高考，因为高考是人生的关键时刻。这个阶段，孩子无论在身体上还是心理上，都比较脆弱。孩子对于来自母亲方面的态度，会非常敏感。我是很看重家庭的女子，对我来说，我会毫不犹豫地把孩子的需求放在第一位。当然了，孩子考上大学以后，排序就有可能发生变化。因为他已成人，需要自己独立面对更多的事情了。

关于工作，我会暂时放在第二位。因为这世界上如果你不来做决定，就天塌地陷翻江倒海的工作，毕竟是极少的（除了你是 CEO。我这里打比方的都是凡人琐事，不适用于举足轻重的人物）。我一直很欣赏一句话，叫作"地球离了谁都照样转动"。我想对地球来说，这句话是千真万确的。对于工作来说，基本上也可以成立。

但对于一个孩子来说，离开了母亲的悉心照料，结局可能有很大不同，很可能"离了妈妈就不再转动"。

说到这儿，关于工作的事还没完呢。除了尽力而为，可以如实向上级领导汇报自己的困境，请求加大四面八方支援的力度。这样，就可以把对工作的影响减至最小。

对于家中来的亲戚，恐怕直言相告是个比较好的法子。当然了，要是丈夫家的亲戚，首先要在家庭内部统一看法，过好丈夫这一关。坦诚交流，让丈夫明白不能留住亲戚，并不是不给他家人面子，此刻顾及不到，待日后从容时再来补偿。千万不能自家闹起矛盾，后院失火，就雪上加霜了。家里和谐了，口径统一了，才好一致对外。对亲戚们委婉说明，正处于孩子高考的非常时期，家中需要安静，接待照料可能会有不周之处，并非是不好客、不欢迎，实在是心有余而力不足。然后附上一笔比较丰厚的礼金，请亲戚们到别处安顿。应允待高考完了之后，一定隆重款待，补上这次的遗憾。

有人可能会质疑这法子的有效性。说实话，我也觉得并非都能达到满意的效果。因为有些乡下的亲戚，满怀热望地来投奔你，你家是他们唯一的落脚点。碰到这种情形，难免失望，牢骚满腹，会说你忘了亲情。我完全能理解这种情绪，只是世上的事并无万全之策。

按照以上思维，考虑诸事顺序，并非定论。每个家庭的情况不同，每个人的终极目标也不一样的。比如一个以卓越的道德行为挺立于世，将众人的利益绝对放在高于一切位置的人，很可能把孩子高考退到比较次要的地位，而置工作第一、他人第一。

其他的选择顺序也是完全成立的。按照你的价值体系，将纷乱的局面做整理与安排就好。哪个在前哪个在后悉听尊便，倒是并没有一定之规。

好了，回到咱们的话题。现在，我们将面对那个哭哭啼啼的婚变中的女友。我觉得这可能是让人很困惑的一个决定。我的意见是，坚定地说："不！"有点儿绝情，是吧？但在此非常时刻，只有快刀斩乱麻。

依我的经验，恋爱和婚变中的女人，有千沟万壑的倾诉愿望，她们的电话可以在最猝不及防的时刻闯进你的耳鼓，完全顾及不到你的情绪。最善解人意的女子，在这样的情形之下，也变成了自说自话的扰人精。几乎是你把所有规劝的话都说尽了，她却置若罔闻没一丁点儿效用。或是此刻好像奏效了，转瞬之后，就土崩瓦解，一切又从头开始。最后你变得筋疲力尽，她却越战越勇，几乎成了你的索命三郎。

怎么办呀？我的经验是，如果你有足够的时间和耐力，陪伴着友人走过生命的泥泞沼泽，未必不是一件大功德。但是如果你的时间非常窘急，又面临着前述种种间不容发的困境，如果你真的没有精气神来应对这一艰巨任务，就不妨明示。

后果很可能是严重的。这种状况之中的女友，很敏感，很脆弱。她先是会不理睬你的安民告示，一如既往地袭扰你。当你再次重申自己的决定时，她会非常哀伤以致愤怒，口不择言……对此，你可要有充分的思想准备。最坏的情况，是她激烈地指责你的寡情，或者是一把鼻涕一把泪地哀告……

这种情况如何处理，你可能需要事先准备好预案。动摇只会使情况更复杂，但坚持决定，又要忍受自我谴责的压力。不过，只要你坚持下来，情况就会有很大的改观。况且，这也并不是对危难中的女友薄情寡义。每个当事人都须自己负起责任，而不是专注于倾诉而不做决定，折磨自己也折磨他人。

以上局面，是闺密们常常面对的情形，选择也是多项的。也许还有更好的方式，不妨互相交流。我的话只是引玉之砖。

无论有多少时间，假如你无所选择地抛撒，总会感到入不敷出。无论多复杂的局面，假如你能定下心来选择，总能理出一个头绪。

不要给自己太多的负担，因为心理的能量，并不像我们想象的那样多。如果太分散了，十指扣蚤，哪个也逮不住。

平安扣

女友送我一枚翡翠平安扣，红丝绳系着。它碧绿地沉重地坠在我胸口，澄清中透出云雾状的"棉"，水色迷朦。扣的正心有一个完整的孔，仿佛一支竹箫横断。清冽的空气在扣中穿行，染出一缕青黛。

我问，真的吗？

友人说，什么啊？

我说，翡翠呀。

友人说，美的你！这么大一块上乘翡翠，价值连城，把我的身家都卖了，也送你不起的。当然是假的了，经过化学处理的石头而已。

我把平安扣摘下来说，既是假的，那还有什么意思呢？我看这平安扣，倒是很像一枚铜钱的。

朋友抚摸着平安扣说，它和铜钱，实在是大不同。铜钱外圆内方、上书"××通宝"的字样，内芯尖锐刻板，实为锱铢必较之相。平安扣不着一字，外圈是圆的，象征着辽阔天地混沌无限。内圈也是圆的，祈愿着我们内心的平宁安远。在它微小的空间里，蕴含了整个壮丽的大自然。它昭示当你的心与天地一致，便有了伟大的包容和协调，锁定了你的平安。

我叹了一口气说，讲得虽好，但世事维艰，我们脆弱的心，在历经沧桑之后，怎样才能清风朗月圆润如初？

友人陪着我叹气说，是啊。没人能承诺我们一生永远晴天，没人能预知草莽中潜藏毒蛇猛兽，没人能勾勒出命运的风刀霜剑，没人能掐算出何时将至大限……从这个意义上讲，纵用尽天下翡翠，打凿出如泰山那般的一枚巨大平安扣，悬挂在星辰间，也是没有丝毫用的。然而，外界虽不能把握，内心却可以调适。任你弱水三千，我自谈笑风生，谁又能奈何我们呢？你我也许不知道，命运将在哪一个急转弯处踉跄跌倒，但我们确知，即使匍匐在地，也依然强韧地准备着爬起……

我把石头雕成的平安扣，重又挂在颈上。友人说，送你的翡翠是假，平安的祝福是真。每个人，都是自己的平安扣啊。

留一罐回忆的泡泡糖

回忆是个很奇妙的东西，如果是回忆幸福，那就好比一罐子泡泡糖；如果是回忆苦闷，就是嚼了金鸡纳树皮（据说这种树皮极苦）。

负面的回忆一开始，赶紧打住。因为每个人内心的能量，并不像我们想象的那般强大。不要制造剑拔弩张的险情，考验我们饱经磨砺的灵魂。我们的情绪依循着单向的轨道，由俭入奢易，由奢入俭难。

我们常常会说，等待时间吧，时间可以愈合一切。但时间并不能解决所有的问题，没有处理过的负面回忆，就像用冰雪掩埋的尸体，一旦表面的冰雪被风暴吹走或是消融，尸体就会重新栩栩如生地显现，打我们一个措手不及。

请你有意识地将这些回忆重新拾起，破碎的将它黏合，只看到反面的把正面也翻过来瞅一瞅，搞错了的重新恢复原状。最主要是赋予它们不同的解释和意义，你的伤口才有可能真正地愈合。而另外一些伤口，用羊肠线不能缝合，用止血钳不能锁闭，用皮肤不能覆盖，只能犹如鱼嘴般敞开着，直到墓土将它掩埋。

但无论表面上我们如何伤痕累累，一蹶不振，破败不堪，我们依然是有价值的，这个价值与生俱来，谁也剥夺不走。除了你自己，没有任何人可以让你贬值。我们不能改变已经发生的事件，但可以改变这些事件对我们的影响。不要让过去，破坏我们享受眼前美好快乐的能力。

生命中的痛苦就像盐，看你把它溶解在一个多大的容器中。如果放入一只袖珍的奶锅，完蛋了，你会被腌成酱菜。如果是海湾，那便云淡风轻了。

钱的极点

小时候猜一道智力题，问：从地球上的什么地方出发，无论往哪里走，都是朝向南？答案是：北极。

现在无论同谁聊天，无论从哪说起，都会很快谈到钱。钱成了当今社会的极点。

钱给人的好处是太多了。而且许多人由于钱不多，而享受不到钱的好处。人对于得不到的东西就需要想象，想象的规律一般是将真实的事物美化。比如我们说我们看到一位大眼睛戴口罩的女士，就会想她若摘了口罩，一定更是美丽动人。其实不然，口罩里很可能是一对暴牙齿，人家原是为了遮丑的。

我当过许多年的医生，虽是无钱之人，却凭医疗知识，想象钱的功能是有限的，理由从人的生理结构而来。

钱能买来山珍海味，可再大的富豪也只有一个胃。一个胃的容积就那么大，至多装上两三斤的食物，外加一罐扎啤，也就物满为患了。你要是愣往里揣，轻则是慢性胃炎，重了就是急性胃扩张，后者有生命危险呢。更不消说，长期的膏粱厚味，引起高胆固醇、糖尿病，等等。所以说那些因公而需长期大吃大喝的人，得了肥胖症，真是要算工伤的。

钱能买来绫罗绸缎，可再娇美的妇人也只有一副身段，一次只能向世人展现套在身体最外层的那套衣服。穿得太多了，就会捂出痱子。要是一天老换衣服，变成工作，就成时装模特了，和有钱人的初衷不符了。再说人类延续种族愉悦自身的那个器官吧，更是严格遵循造物的规律，无论科学怎样进步，都不可能增补一套设备。假如无所节制，连原装的这一份都进入"绝对不应期"，且不用说那种种秽病了。电线杆子上的那些招贴纸，是救不了命的。

人和动物在结构上实在是大同小异，从翩飞的蝴蝶到一只最小的蚂蚁，都有腹腔和眼睛。人和动物的最大区别就在于思想，而恰恰在这一面钢铁盾牌面前，金钱折断了蜡做的矛头。

比如理想，比如爱情，比如自由……都是金钱的盲点。它们可以因了金钱而卖出，却不会因了金钱而被买进。金钱只是单向的低矮的闸门，永远无法积聚起情感的洪峰。

造物给予人的躯体是有限的，作为补偿，造物还给人以无垠的精神。人的躯体的每一个细微之处，都是很容易满足的。你主观上想不满足，造物也不允许你。造物以此来制约人的物质的欲望，鼓励思想的飞翔。于是人类在有了果腹的兽肉和蔽体的树叶之后，就开始创造语言、绘画和音乐……积蓄了一代又一代的精华，于是我们有了文学，有了艺术，有了哲学的探讨和对宇宙的访问……那都是永无穷尽的奥妙啊，只要人类存在一天，就会上天入地披肝沥胆地寻找与提炼。

我们现在是站在钱的极点上，但我们很快就会离开它。人们在新的一轮物资需要满足之后，回过头来仍然要皈依精神。精神是人类最大的财富。在远古没有金钱之前，人类就开始了精神的求索。人类最终也许将消灭金钱，但毫无疑问的是人类的精神永存。

人心的喜马拉雅

电影《不见不散》中，葛优说："这是喜马拉雅山脉，这是中国的青藏高原，这是尼泊尔，山脉的南坡缓缓地伸向印度洋。受印度洋暖湿气流的影响，尼泊尔王国气候湿润，四季如春，而山脉的北麓陡升，终年积雪，再加上深陷大陆的中部，远离太平洋，所以自然气候十分的恶劣。"

徐帆说："你这又扯哪去了？"

葛优说："如果我们把喜马拉雅山炸开一道五十公里的口子，世界屋脊还留着，把印度洋的暖风引到我们这里来。试想一想，那我们美丽的青藏高原从此摘掉落后的帽子不算，还得变出多少个鱼米之乡！"

人们把这段谈话，当做幽默。不过，当你在天空飞越，清晰地认识到喜马拉雅山这座屏障，将山的南麓和北麓分割成完全不同的世界时，炸开喜马拉雅山的念头就会蠢蠢欲动。

印度洋的暖湿气团生成后，在西南季风的吹动下，向北面推进时，高耸的喜马拉雅山成了极难逾越的天然屏障。急于北进的暖湿气团不甘心，四处游动，终于找到一个豁口，那就是——雅鲁藏布江大峡谷的尾口。暖湿气团蜂拥而入，可惜进入蜿蜒曲折的大峡谷后，逐渐失去它所向披靡的势头。水汽通道在顺手造就了藏东南的绿洲之后，后劲松懈，还没走到藏北就偃旗息鼓了。

如果真能炸出一个大口子，使得这条通道输送的水汽更多、更畅快，减少途中的损失，不是就有可能改变西藏的气候吗？更多的暖湿气流长驱直入，进入藏西北，青藏高原会变作江南。

科学家们模拟了有关实验，结果却是否定的。就算炸开50公里的口子，在最佳气候条件下，中国三江源地区，降水增加也只有20%~25%。

退一万步讲，就算真的计划要炸喜马拉雅山，如何才能顺利完成这个任务呢？依靠炸药、手榴弹、地雷什么的常规技术，绝无可能。用原子弹吗？核武器目前还没有用于开山凿洞的记录。要知道，喜马拉雅山脉乃庞然大物坚不可摧，主峰珠穆朗玛一半在尼泊尔境内。哪怕是咱炸自己这一侧，也要得到尼泊尔，甚至更多国家的同意。核武器将严重破坏环境，邻国也不能答应啊。

如此说来，把喜马拉雅山炸个洞，改变雅鲁藏布江中下游干旱及沙漠化严重局面，实际上只是一个科学幻想。如果真把喜马拉雅山炸通了，破坏了原有的生态平衡，不知会发生怎样的变局，很可能是灾难。

自然界自有规律，人类不可妄动。

在尼泊尔，我结识了一位精明强干的小伙子。他到过中国，会说中文，爱笑爱思索。

我说："你觉得中国和尼泊尔有什么不同？"

他说："中国很大，尼泊尔很小。中国现在有了很大的发展，尼泊尔呢，还比较落后。"

我说："你说得很好。不过，咱们就不讲这些政治经济的情况，单说说感觉上有什么不同？"

他笑了，露出极为整齐和雪白的牙，说："是节奏啊。尼泊尔节奏很慢很慢，几千年我们就一直是这样的节奏，尼泊尔人都习惯了。中国的节奏现在很快，而且越来越快。我的朋友从中国来，说一下子不习惯尼泊尔这种慢节奏，但是几天过去，静静待下来，就觉得这种节奏很舒服，适合人的身体，还有大自然。您看，凡是自然的东西，都是缓慢的。太阳一点点升起，一点点落下。花一朵朵地开，一瓣瓣地落下。稻谷成熟。都慢得很啊。那些急骤发生的自然变化，多是灾难。比如火山喷发，比如飓风和暴雨，比如山崩地裂加上海啸……身体也是慢的。一个孩子要长大，是很慢的。一个人睡觉，也是很慢的，要很久很久，从日落到日出，人才能休息过来……"

"还有呢？"我问。

他认真地想了一下，说："是耐心啊。还有脾气啊。中国的人，现在情绪上都比较紧张，不耐烦。尼泊尔人基本上不发脾气，慢慢来，就算有很严重的事儿，也不着急。"

不知道再问什么。我也学尼泊尔人，只是微笑和无所事事地张望。自然界的喜马拉雅山是不能炸通的，但人心的喜马拉雅，可否有习习的和风持久地吹拂？

海盗的诗

关于冰岛，所知是那样稀薄。

去之前了解就很少，仅有的印象来自一本有关北欧旅游的书。和丹麦、瑞典、挪威、芬兰比起来，冰岛所占的篇幅最少。冰岛人自嘲地说，北欧是五国，但人们常常脱口而出"北欧四国"，连近邻都把冰岛疏忘。

飞机在冰岛机场降落时，我们还穿着从丹麦哥本哈根起飞时的短裤长裙。机翼下工作人员鲜艳的羽绒服，毫不留情地昭示着此地的寒冷。一下飞机，我们忙不迭地在候机厅里把所有的衣服套在了身上。

其实冰岛给我们的见面礼并不准确，那只是因为来自北极的寒风突然掠过。"冰岛"的名字让人很易产生错觉，好像是万古不化的永冻之地。实际上，冰岛是一片冰与火的交汇地带，有丰富的地热，是火山在冰川下爆发的岛国。冰岛的地形很特殊，在这个 7 万平方公里的岛上，有 200 多座火山，其中 40 多座为活火山。全岛 3/4 为海拔 400 米以上的高原，1/8 为冰川。除此之外，岛上还有大量冰川、热泉、间歇泉、冰帽、苔原、冰原、雪峰、火山岩荒漠、瀑布及火山口，是世界上独一无二的地域环境。放眼看去，土地为狰狞的火山熔岩覆盖，仿佛到了月亮背面。

在冰岛的日子始终处在惊奇和快乐之中。回家之后，到一家著名的图书大厦，央告小姐帮我查找关于冰岛的图书（店内的图书查询系统外人不可独自操作）。

电脑运行一番之后，售书小姐告诉我有关冰岛的书籍只有小说集《冰岛渔夫》，还有一些有关冰岛建筑的图片，收在北欧建筑的合集中，此外就是我已经买过的观光手册。关闭查询系统时，小姐很好心地补充了一句：《冰岛渔夫》只剩下两本了，你赶快买吧。

我当即把一位"冰岛渔夫"请回了家，当晚一口气看完。书是好书，关于海洋的描写堪称一绝，只可惜这书既不是冰岛人写的，写的也不是冰岛人。所谓的"冰岛渔夫"，指的不过是在靠近北极海面打鱼的法国人。

在相当长的一段时间内，我见面就问别人有没有关于冰岛的文学作品。我固执地以为，要想真正熟悉一个民族和地域，要去读本土的人所写的小说和诗。比如我们要想了解18—19世纪的俄国和法国，你是看一些当时国民生产总值的数字，还是读托尔斯泰和巴尔扎克呢？想必除了专门的研究家和学者，都会选择后者。

我不是专家，只能走俗人这条路。

沦于百般失望之后，终于有一个朋友告诉我说，她的朋友有一本繁体字本的冰岛诗集，据说这是冰岛古诗唯一的中文译本。我欣喜若狂地借来，指天画地答应一定完璧归赵，又是一口气读完。也许真正的诗人会笑我这种不求甚解的方法，但我饥不择食先睹为快。

为什么对冰岛的文字这般感兴趣？因为冰岛是海盗们开辟的疆土。他们多喜好冒险，勇猛顽强，冲动起来不计后果。

那么，这些海盗究竟写下了怎样的诗歌？想象中，是横刀跃马劈风斩浪的虎啸龙吟。

北欧的古代文学经典，据说是汗牛充栋。为什么用了"据说"这个词，好像很不肯定似的，不是怀疑北欧有没有那么多的经典，而是我们看到的实在太少，译成中文的更是寥若晨星。

为什么北欧古代的文学经典，译成汉语的那样少呢？大概因为那些文章，都是用非常艰涩难懂的古冰岛文字写成的。

现代冰岛文字实系北欧挪威、瑞典、丹麦的古文，也近似于许多西欧国家的古代文字，比如古德文、古英文、古荷兰文等。一千多年以来，北欧和西欧许多国家的语言和文字都发生了翻天覆地的变化，但冰岛文就像苍老的恐龙，仍在火山岩堆积的大地上穿行。

我手中这部著名的诗集，冰岛文的译名是《高者之言》。高者是谁呢？是北欧神话中的主神奥丁，相当于希腊神话中的宙斯或是罗马神话中的朱庇特，也约略相当于咱们神话中的玉皇大帝了。诗集的中译名叫作《海寇诗经》。

海寇就是海盗。

什么是海盗呢？一提到"盗"，我们就会非常鄙夷，但在古希腊那个遥远的年代，欧洲人通常把下海寻求生计的男子称为"海盗"，并把当海盗同从事游牧、农作、捕鱼、狩猎并列为五种基本谋生手段。"海盗"一词在当时并无什么贬义，海盗活动也不被认为可耻，《荷马史诗》中对此有十分明确的记载。

《海寇诗经》形成于公元700年至900年，相当于我们的唐朝。它是当年北欧海盗在漫长而艰险的大海航行中，奉为座右铭的精神食粮。在漫漫无际的大海上，正是这些箴言教导给海盗们带来了勇气和智慧，鼓舞着他们冲破重重险阻、层层骇浪，去寻求一个又一个新大陆。

这些诗于是被称为"冰诗"，反映了海盗们的人生观和宇宙观。好了，说了这么多题外之话，还是直接录下难得的冰诗吧：

浅薄受人讥，

智慧得人敬。

居家万事易，

出门知重轻。

相处世人中，

多智多光明。

这首诗的名字就叫作《见世面》。看来当年的海盗们是把见世面当成人生的必修课了。

> 嘉宾若进门，
>
> 排座不可轻。
>
> 位置偏而远，
>
> 不乐怀闷情。
>
> 上座促膝谈，
>
> 主雅客来勤。

这首诗的名字就叫作《如何待客》。本以为海盗们是不懂礼貌的窃匪，不想还是如此注重礼节的雅盗。或者说也许海盗们在实践中执行起来会走样，但起码在教育中还是一丝不苟的。

再如：

求知诗

> 知识是海洋，
>
> 宴席亦课堂。
>
> 用耳细听取，
>
> 用眼学榜样。
>
> 君子慎言语，
>
> 聆教乃有方。
>
> 智者天下行，
>
> 钱财存脑中。
>
> 愚者行囊重，

图时无所用。

穷汉有头脑，

力量胜富翁。

看来，海盗们还是非常尊重知识并且热爱学习的。想来也是，做一个优异海盗不是一件容易的事情。在许多国家，把"维京人"称作"海盗"的代名词。一千多年前，维京人驾驶着他们的龙头船，手持矛、剑、战斧等各种武器，以山呼海啸般的猛烈攻势，攻掠从英格兰到苏格兰、爱尔兰、比利时、荷兰、意大利、西班牙、葡萄牙、法国、俄罗斯直至君士坦丁堡的广大地域。维京人体格高大英俊，通常满面虬髯，胆识过人。他们常年漂流在海上，波涛汹涌、气候恶劣、险象环生，如果他们没有广博的关于天文、地理、气候、人文等方面的知识，大海就成了他们最天然的坟场。所以，在贪财、勇猛、喜欢冒险的天性之外，在他们的血液里非常强烈的征服嗜好之中，也一定注入了对科学和知识滚烫的渴求。

很喜欢这样一首诗：

独立

人生幸福事。

受人宠与赞。

人生不幸事，

处处得依赖。

为人不独立，

沦为小奴才。

有一首诗名叫《不良之举》：

> 赴宴总唠叨，
>
> 话多头脑贫。
>
> 瞪眼呈傻态，
>
> 说话语不清。
>
> 酒盈蠢相露，
>
> 枉做文明人。

窃以为以不良之举作为原材料入诗比较少见，北欧海盗大大方方地咏叹起来，透露出他们原本就是不拘常态自成体系的人。特别是被翻译成了咱们的五言绝句式样，看着有趣。

有一首诗，名为《永恒的友谊》，录在这里，和大家共享：

> 宝剑酬壮士，
>
> 霓裳赠佳人。
>
> 华服显友谊，
>
> 乡里美言频。
>
> 礼尚来而往，
>
> 至情万年春。

有一首诗，名字叫《知道命运》：

> 天才多早夭，
>
> 聪明适中好。
>
> 命运顺自然，

强求是徒劳。

内心明事理，

安然到老耄。

有一首诗实在聪慧，叫作《三人知，全民知》：

巧妙应答问，

人视为聪明。

秘密若分享，

最多只一人。

泄露三人知，

绝密传全民。

此诗高明处就在于——当我们强调保密的时候，一般是主张"一个都不告诉"。这在理论上当然对于保守秘密是最上策的了，但可惜的是极少有人能做得到。秘密在适宜的温度下，有时会像发酵的面团，如果找不到一个适当的出口，它们会把盛面的盆子掀翻，面粉流淌一地。秘密的力量之大，超乎我们的想象。所以，尽管有那么多的指天盟誓，还是差不多有同样数目的泄露和背叛。寻找一个情感的出口，告知一个朋友，就不会把享有重大秘密的人憋炸了，这是很有策略的方法。

人各有所长

瘸子善骑马，

独臂能牧羊。

聋子勇于战，

眼盲有思想。

身死悲无用，

残者却无妨。

名誉

人死万事空，

唯名传四方。

万灵谁无死，

长生求无望。

存世流美誉，

不朽万年长。

好了，原谅我就暂且引用到这里。也许朋友们会发问，这些古冰诗为什么都是五言六句啊？有没有其他的格式呢？据翻译者王超先生在冰岛首都雷克雅未克所写，《海寇诗经》的韵律，是按照北欧古代诗歌的韵律所成的。每节诗由六行组成，前两行诗以押头韵的方式连在一起。

那什么叫押头韵呢？就是指后一行诗重复前一行诗中的重音节的元音或辅音。若大声朗读起来，诗句余音袅袅，就像有回音似的。译者特别指出，北欧古诗的韵律，若能大声朗诵，才能更好地体会到它的奥妙，清脆悦耳。因为押了头韵之后，回音的效果跌宕起伏极富节奏感。押了头韵之后，重音节和非押韵的重音节形成了抑扬顿挫的效果。

可惜我们不懂古冰岛的原文，也未曾有幸听到人这样吟诵《海寇诗经》，只能在这里以文字来揣摩海寇们的智慧和风采了。

最后，让我以一首海盗们吟咏智慧的诗来作为本文的结束。

论智慧

以火点他火，

两柴共燃烧。

以智启人智，

相磋出高招。

故步知识浅，

谦虚心智昭。

想不到吧？海盗们的诗竟然是这般温文尔雅笑容可掬。既不像英雄史诗，也不像神话传奇，充满了谆谆教诲，甚至有些像处世格言。也许，由于他们攻城略地在行动上自有取之不尽的彪悍与残酷，轮到诉诸文字流传千古的时候，反倒是波澜不惊的从容和安宁了。这在心理学上，叫作"补偿"。温和的民族诗歌中多愤懑和幽怨，真正的勇士们反倒全力彰显柔和。

不同国度和时空的智慧共同燃烧，这也就是旅游和阅读的快意了。旅游使我们虚心，阅读使我们安静。行路和读书的美丽可杂糅一处，即使是在地老天荒的冰岛，即使是在海盗们的诗行中。

不开心的开心果

做心理医生，看到过无数来访者。一天有人问道，在你的经历中，最让你心痛的是怎样的来访者。说实话，我还真没想过这个问题，他这一问，倒让我久久地愣着，不知怎样回答。

后来细细地想，要说最让我心痛的来访者，不是痛失亲人的哀号，或是奇耻大辱的啸叫，而是脸挂无声无息微笑的苦人。

比如一个身穿黑衣的女孩对我说，您知道我的外号是什么吗？我叫"开心果"。我是所有人的开心果。只要我周围的人有了什么烦心事，他们就会找到我。我听他们说话，想方设法地逗着大家快乐，给他们安慰。可是，我不欢喜的时候，却找不到一个人理我了。周围一片灰暗，我只有一个人躲在被窝里哭……

我听着她的话，心中非常伤感，但她脸上的表情让我百思不得其解。那是不折不扣的笑容，纯真善良，几乎可以说是无忧无虑的。连我这双饱经风霜的老眼也看不出有什么痛楚的痕迹。她的脸和她的心，好像是两幅不同的拼图，展示着截然相反的信息，让人惊讶和迷惑，不知它们该主哪一面。

我说，听了你的话，我很难过。可看你的脸，我察觉不出你的哀伤。她下意识地摸摸自己的脸说，咦，我的脸怎么啦？很普通啊。我平时都是这样的。于是我在瞬间明白了她的困境。她脸上的笑容是她的敌人，把错误的信息传达给了别人。当她需要别人帮助的时候，她的脸、她的笑容在说着相反的话——我很好，不必管我。

其实，这不是佯笑者的错，但需要佯笑者来改变。我想，每一个婴儿出生之后，都会放声啼哭和由衷地微笑，那时候，他们是纯真和简单的，不会伪装自己的情感。由于成长过程中种种的不如意，孩子们被迫学会了迎合和讨好。他们知道，当自己微笑的时候，比较能讨到大人的欢心，如果你表达了委屈和愤怒，也许会招致更多的责怪。孩子总善良地以为是自己的错，是自己惹得大人不高兴了。由于弱小，孩子觉得自己有义务让大人高兴，于是开始练习佯笑。佯笑不是百无一用的，它掩饰了弱小者的真实情感，在某些时候为主人赢得了片刻安宁。

可是佯笑带来的损伤和侵害，是潜在和长久的。你把自己永远钉在了弱者的地位，不由自主地仰人鼻息。在该愤怒的时候，你无法拍案而起；在该坚持的时候，你无法固守原则；在合理退让的时候，你表现了谄媚；在该意气风发的时候，你难以潇洒自如；还可以举出很多。当很多年轻人以为自己的风度和气质是一个技术操作性的问题时，其实背后是一个顽固的心结，那就是你能否流露自己的真实情感。

心是一只美丽的小箱子

　　小时候上学，很惊奇以"心"为偏旁的字怎么那么多？比如："念、想、意、忘、慈、感、愁、恩、恶、慰、慧……"哈！一个庞大的家族。

　　除了这些安然地卧在底下的"心"以外，还有更多迫不及待站着的"心"。这就是那些带"竖心"旁的字，比如："忆、怀、快、怕、怪、恼、恨、惭、悄、惯、惜……"原谅我就此打住，因为再举下去，实在有卖弄学问和抄字典的嫌疑。

　　从这些例证，可以想见当年老祖宗造字的时候，是多么重视"心"的作用，横着用了一番还嫌不过瘾，又把它立起来，再用一遭。

　　其实，从医学解剖的观点来看，心虽然极其重要，但它的主要工作，是负责把血液输送到人的全身，好像一台水泵，干的是机械方面的活，并不主管思维。汉字里把那么多情绪和智慧的感受，都堆到它身上，有点儿张冠李戴。

　　真正统率我们思想的，是大脑。人脑是一个很奇妙的器官。比如学者用"脑海"来描述它，就很有意思。一个脑壳才有多大？假若把它比成一个陶罐，至多装上三四个大"可乐"瓶子的水，也就满满当当了，如果是儿童，容量更有限，没准刚倒光几个易拉罐，就沿着罐子四溢出水来了。可是，不管是成人还是小孩的大脑，人们都把它形容成一个"海"，一个能容纳百川、波涛汹涌的大海。这是为什么？

　　大脑是我们情感和智慧的大本营，它主宰着我们的思维和决策。它能记住许多东西，也能忘了许多东西。记住什么忘却什么，并不完全听从意志的指挥。比方明天老师要检查背诵默写一篇课文，你反复念了好多遍，就是记不住。就算好不容易记住了，到了课堂上一紧张，得，又忘得差不多了。你就是急得面红耳赤抓耳挠腮，也毫无办法。若是几个月后再问你，那更是云山雾罩一塌糊涂。可有些当时只是无意间看到听到的事情，比如路旁老奶奶一句夸奖的话，秋天庭院里一片飘落的叶子，当时的印象很清淡，却不知被谁施了魔法，能像刀刻斧劈一般，永远留在我们记忆的年轮上。

　　我不知道科学家最近研究出了哪些关于记忆和遗忘的规则，反正以前是个谜。依我的大胆猜测，谜底其实也不太复杂。主管记住什么忘记什么的中枢，听从的是情感的指令。我们天生愿意保存那些美好、善良、友谊、勇敢的事件，不爱记着那些丑恶、虚伪、背叛、怯懦的片段。当然，这并不是说人应该篡改真相，文过饰非虚情假意瞎编一气，只是想说明我们的心，好像一只美丽的小箱子，容量有限。当它储存物品的时候，经过了严格的挑选，把那些引起我们忧愁和苦闷的往事，甩在了外面，保留的是亲情和友情。

我衷心希望每个人的小箱子里，都装满光明和友爱。

豆角鼓

有一个在幼儿园就熟识的朋友，男生。那时，我们同在一张小饭桌上吃饭。上劳动课的时候，阿姨发给每人一面跳新疆舞用的小铃鼓，里头装满了豆角。当我择不完豆角筋的时候，他会来帮我。我们就把新疆铃鼓称为"豆角鼓"。

一天，他妻子来电话，说他得了喉癌，术后在家静养，希望能听到我的电话。他妻子略略停了一下说："通话时，请您尽量多说，他会非常入神地听。但是，他不会回答你，因为他无法说话。"

第二天，我给他打了电话。当我说出他的名字后，回答是长久的沉默，我猛然意识到，我是不可能得到回音的，便又自顾自地说下去……没有反响也没有回馈，甚至连喘息的声音也没有，感觉很是怪异。

那天晚上，他的妻子来电话说，他很高兴，很感谢，希望我以后常常给他打电话。我答应了，但拖延了很长的时间。也许是因为那天独自说话没有回声的感受太特别了。后来，我终于再次拨通了他家的电话。当我说完"你是××

吗？我是你幼儿园的同桌啊……"我停顿了一下，并不是等待他的回答，只是喘了一口气，预备兀自说下去。就在这个短暂的间歇里，我听到了细碎的哗啦啦声……这是什么响动？啊，是豆角鼓被人用力摇动的声音！

那一瞬，我热泪盈眶。人间的温情跨越无数岁月和命运的阴霾，将记忆烘烤得蓬松而馨香。

那一天，每当我说完一段话的时候，就有哗啦啦的声音响起，一如当年我们共同把择好的豆角倒进菜筐。当我说再见的时候，回答我的是响亮而长久的豆角鼓声。

蓝宝石刀

　　一次朋友聚会，来了几位新面孔。席间，有男士谈起自己新交的女友，说是一位美女。于是不但在座的男子几乎全体露出艳羡之色，就是各个年龄段的女人，也普遍显出充分的向往与好奇。

　　大家纷纷说，原以为美女都已随着古典情怀的消逝，被现代文明毒死，不想这厢还似尼斯湖怪般藏着一个。众人正感叹着美女的重新出山，突然从客厅的角落里发出了一个声音：美女是有公众标准的。不是你说她是，她就是的。恋爱的人，眼里出西施。

　　大家诧然复茫然，想想也有理。先别忙着赞叹，到底是不是个真美女，还有待考察商榷！

　　说这煞风景话的男子，看上去细而柔的身材、平淡的五官，但并不虚弱，四肢甚至可以说是有力的。

　　于是有人对那位与美女交往的男子说，带着照片了吗？拿出来让大伙看看嘛！既让我们养养眼，也让蓝刀鉴定一下，到底算不算真美女！

我悄声问身旁的朋友，蓝刀是谁？

他指指细而不弱的小伙子说，他就是。

我说，蓝刀——好古怪的名字！江湖上的？武林高手？

朋友说，他是整形外科医学博士。因为他常用蓝宝石手术刀，所以圈内人称他蓝刀。

聚会上，有人问他："什么人适合整容？"

蓝刀清清嗓子说："我先不回答这个问题。我想说的是——什么人不适合整容。"

众人说："原来不是掏钱就能做，你们规矩还挺大的。"

蓝刀说："有八种人我是不给他做整容手术的。第一种人，天天身上带着一面小镜子，无论何时何地都随手把小镜子拿出来，这种顾影自怜或是自惭形秽的人我不给做。"众人忙问："为什么？"

蓝刀答："他认为人世间最重要的事就是他的容貌，自信心和尊严都系此一事。这样的人，无论手术做得如何成功，他都会认为未能达到目的。所以，我不能自找烦恼。第二种人，进我诊所时拿着时尚刊物，指着封面或是封底的某明星的大幅照片说：'我的要求不高，就是做成他的那个鼻子加上他的那个嘴巴……'"

众人笑道："这是不能做，无论如何你都无法使他满意。"

蓝刀叹气道："我心中常常又好笑又生气，便对来者说：'你以为我是谁？就算我能把你修整出那种规格的鼻子和嘴巴，你可有那样的才气和奋斗精神？'"

"第三种不做的人是头不梳、脸不洗、衣冠不整、浑身散发不洁气息的人……"

不等蓝刀说完，众人打断道："这一条好像不合情理吧？正是因为某些人的仪表不良，他们才要求整理容貌，你怎么反而拒之门外呢？"

蓝刀说："爱整洁是教养和习惯的问题，是对他人的敬重，更是对自己的珍惜。如果一个人不够热爱生命，那我就算辛辛苦苦地帮他建设了较好的硬件，他的软件跟不上仍是没良效的。我尊重自己的劳动，愿把宝贵的精力放到更善待自己的人身上。"

众人沉默片刻后表示可以接受，接着问："其他呢？"

蓝刀说："第四种，说他本人并不想做整容手术，都是他的家人或爱人要他来做的，这样的人我也概不接待。"

众人说："啊，那么绝对啊？"

蓝刀说："是。容貌是自己的内政，无论它怎样丑陋，只要自己接受，别人就无权干涉。如果一个人因为惧怕或是讨好而听命于另外一个人，被迫接受了在自己身上动刀、动剪子、动针、动线，那是很凄凉的事情。我不愿成为帮凶。"

众人频频点头，表示言之有理。

蓝刀说："第五种，多次在就诊时间迟到或是无故改变约定的人我不给做。"

"这倒有些奇怪。你那儿又不是兵营，遵纪守时的问题和医疗何干呢？"

蓝刀说："整容手术需反复多次，其中的艰苦和磨难超乎想象。手术程序一旦开始就不可中断。你若把大腿上的皮瓣做好了，准备移到脸上时，本人突然不干了……所以，纪律性不好的人，我不为他做手术。医生精力有限，我不愿在医疗以外的事情上花费太多的时间。第六种，对同一问题反复询问的人我不给做。"

众人笑道："蓝刀，脾气够大啊。是不是求你做手术的人太多了，店大欺客啊？问来问去，可能是那人记性不好，干吗不依不饶？"

蓝刀严肃地说："一个人对自己高度关注的事在我反复讲过多遍后还记不住，这是记忆问题吗？不是，是信任问题。他不信任我，所以不厌其烦地追问。我虽然可以理解这种心情，但不能给一个不信任我的人动手术。"

众人愣了一下，没人再作声，表示尊重一名资深医生对病人的要求。

"第七种，态度特好对医生满口奉承，或是态度特不好不合作的病患我一概不给做。"蓝刀一字一顿很慢地说。

众人道："态度不好的不给做，我们能明白，但态度特好的也不给做让人费解。"

蓝刀说："他为什么特别殷勤？后面肯定有这样一个假设——如果他不送礼，我就不会尽心尽意地为他做手术。他能奉承我，就能诋毁我。手术是一件充满概率的事情，即使我殚精竭虑也不可能百战百胜。为了那个无所不在的概率，我要保留弹性。我需要有医生的安全感和世人对'万一'的理解，我得给自己留一条后路。"

客厅的空气一下子变得有点沉重。

该第八种了，也就是最后一种了。沉默半晌，众人提醒蓝刀。

蓝刀说："这一种简单：凡是手术前不接受照相的人不给做。"

有人打趣道："整容大夫是不是和某影楼联营了可以提成？要不，为什么有这样古怪的要求？"

蓝刀道："一个人破了相，不愿摄下自己不美的容颜可以理解。但是，为了对比手术的效果，为了医学档案的需要和总结经验教训，要保留患者术前的相貌。当然，我们会做好保密的，但是，有些人说什么也不接受这一合情合理的要求。没办法，既然他连面对真实情形的勇气都没有，怎能设想他和医生鼎力配合呢？所以，只有拒之门外了。"蓝刀说到这里，很有一些痛惜之意。

分别的时候，蓝刀热情地说："欢迎众人到我的诊所做客。"众人回答："蓝刀，我们会去的。不是去整容，而是听你说这些有趣的话。"

海明威的最后一分钱

　　基韦斯特是美国本土最南端的一座小岛，东西长约 5.5
公里，南北宽约 2.5 公里，像一只胖而舒适的卧蚕，睡在蔚
蓝的海中。战争年代．由于基韦斯特独特的地理位置，这里
是兵家必争之地。

　　我选择到基韦斯特一游，不是因为战争，或者说，也是
因为战争——一位擅长描写战争的伟大作家曾在这里生活
过，他就是欧内斯特·海明威。

　　半个多世纪以前，声名初起的海明威，厌倦了大城市的
繁华生活，想换换口味。小说家约翰·帕索斯向他推荐了佛
罗里达州的小岛基韦斯特。这座岛距离美国大陆的距离比距
离古巴的距离还要远。地处墨西哥湾和大西洋交汇的水域，
岛上长满了红树林、棕榈、胡椒、椰子、番石榴……天空中
飞翔着蓝色和白色的海鸟，云彩堆积着，巍峨得好像奇异的
山峦。海水由深邃和清澈，变得近乎紫色，赤红色的水母遨
游着，和天边的霞光呼应，构成了诡异的光柱。岛上居住着
西班牙和古巴的渔民，是早年捕鲸人的后代，民风淳朴。海

明威欣喜若狂地说:"这是我到过的地方中最好的一个,我一点也不留恋大城市的生活。纽约的作家,那都是装在一个瓶子里的蚯蚓,挤在一起,从彼此的接触中吸取知识和营养,我想躲开他们。"

基韦斯特岛的确非常美丽,让人沉醉而迷惑。但我想不通,在如此妖媚的阳光下,海明威哪里来的心境去描写流血的战争?我有个不登大雅之堂的心得,总觉得作品是某种地理时空的产物,就像野菊花是旷野和秋天的合谋。可能为了迅速纠正我的谬误,夜里,就让我见识到了加勒比海一场骇人的风暴。暴烈的阴云和能够置人于死地的狂雨让我明白了,这里的天空和海洋可以比拟任何战争与和平。

海明威在这座小岛上写下了《永别了,武器》《午后之死》《胜利者无所获》《非洲的青山》《有的和没有的》《第五纵队》《西班牙的土地》以及《丧钟为谁而鸣》的一部分……这些小说,凿成一级级花岗岩阶梯,送海明威到达了不朽的山巅。

海明威来到基韦斯特定居以后,先是住在西蒙通街,后来搬到了怀特理德街 907 号,现在对游人开放的就是 907 号故居。它坐落在一条短短的安静的小街上,回想半个多世纪以前,这里一定更为清冷。宽大的庭院,一栋白色的二层楼房,绿得不可思议的树和曲折的小径。走进故居,首先接触到的是无数只猫以豹子般勇敢的身姿,在你脚下乱箭般窜动。这可能是世界上最无人管教的家猫了。还有一些猫不成体统地睡在小径的中央，袒胸露乳、放荡不羁。刚开始我几乎以为它们是死猫，它们委实睡得太沉醉了。别看这些猫其貌不扬（以我有限的知识，觉得它们是一些平凡的猫，绝无名贵之种），但它们的血统直接来自海明威当年豢养过的猫，个个是正牌后裔。它们气定神闲、为所欲为，赋予海明威故居以勃勃生机。它们是大智若愚的，对所有的访客不屑一顾，心知肚明，自己的祖上才是这厢真正的主人。我在海明威的故居内轻轻地呼吸。

这套房子是海明威的第二任妻子波琳的叔父于1931年送给波琳的礼物，海明威在这里生活了8年。房子原先是栋西班牙风格的古典建筑，年久失修，门槛腐朽，墙皮脱落，房顶和窗户也有很多破损。海明威着手组织工匠把房子从里到外来了个大改造。这不是项小工程，尤其是设计方案，有很多是海明威自己完成的。

现在看起来，这是一套舒适而井然有序的房子。我原来以为海明威的写作间是阔大的，按照房屋的规模与格局，他完全有能力为自己做这样的安排。室内的陈设，估计很可能是凌乱的。但是，我错了。工作间异常整洁，面积也不算很大，铺着黄色的木质地板，齐胸高的白色书架靠在墙边，古典的西班牙式的圆形写字台摆在地中央，阳光充足得让人想打喷嚏。在介绍海明威的书籍里，写着海明威习惯站着写作，他常常把打字机放在书架的最上一层。但在海明威的故居中，我看到的打字机还是规规矩矩地放在写字台上。

海明威还有一个我觉得很女性化的习惯，就是爱收藏小动物玩具，比如铁乌龟、背后插着钥匙的玩具熊、小猴子和长颈鹿造型的小工艺品……我在一些名人故居经常看到的是名贵的收藏品，显示着主人的身份。但是，海明威不这样，他让人看到的是一个大作家的率性和真实。

让我留下特别印象的——是海明威的孩子的卧室，地砖的颜色如同韭黄般鲜嫩。解说员告知，这间房屋的设计是海明威亲自完成的，铺地的材料是海明威专门从法国订购来的。

我偷偷笑笑。平心而论，和整套住宅华贵精致的风格相比，海明威为自己的孩子所设计的卧室，谈不上出色。不敬地说，甚至有支离破碎的堆砌之感。但我想，他一定是倾注了极大的爱心，单是把那些颜色暖亮得如同咸鸭蛋黄的瓷砖一路颠簸地运到这座小岛上来，就让人的心情从感动演化成嫉妒。不是嫉妒海明威的富有，是嫉妒那孩子所得到的眷爱。

海明威的庭院里，有一座露天游泳池。出门就是天然浴场的岛屿，从咸水的怀抱里掬出一座淡水游泳池，即使在今天，也是奢侈。更不消说，海明威是在半个世纪以前，一举完成此项工程的。那时，这颗淡绿色的葡萄，是整座岛上的唯一。

在更衣室和游泳池之间的水泥地上，有一块灰暗的玻璃，落满了尘土。解说员将浮尘拭去，让游客看到一枚硬币镶嵌在水泥中央。由于年代久远，币面显出苍老的棕绿。

这就是那著名的一分钱了。在观光手册上写着："海明威曾用两万美元修建这座全岛唯一的淡水游泳池。他说过，要用尽最后一分钱来建造。他做到了，于是在完工的时候，他就把自己的最后一分钱镶嵌在了水泥地上。"

浪漫而奢华的故事。海明威一掷千金为博红颜一笑，有点帅哥的味道。我却多少有些不明白。既然是求奢华享受，就不要这样捉襟见肘。就算捉襟见肘，也不要公告天下。就算要公告天下，也要做得好看一些。这枚锈绿的硬币，歪斜着，尴尬着，好像一张肿了的苦脸。我把自己的想法对解说员谈了。那是一个被热带阳光晒出一身麦黄肤色的青年。他说，自己祖居基韦斯特，对海明威很了解。

那一分钱的真相是这样的。他陷入了沉思。

海明威的妻子波琳执意要建造岛上第一座淡水游泳池。在她，这不但是一种享受，更是一种地位和财富的象征。海明威出于爱，答应了这个请求。家中当时并非富有，两万美元不是一个小数目，海明威抖空了钱袋的缝隙。施工很混乱，预算一再突破。有一阵，几乎要半途而废。海明威殚精竭虑，把最后一分钱都榨了出来，才艰难地完成了这座划时代的游泳池。为了表达这份窘迫和来之不易，海明威把一枚硬币镶嵌在这里。

海水拍打着珊瑚礁。往事已经湮灭在不息的浪花之中。我不知道在众多的海明威传记当中，还有没有更权威、更确切的说法，关于这一分钱，关于这座来之不易的游泳池。

从故居走出，我们在海明威生前最爱去的那家酒吧点了一种海明威最爱喝的酒，慢慢呷着。我想，我愿意相信解说员的解释。因为他那麦黄色的皮肤是一个强有力的注脚。从依然明亮的瓷砖到早已暗淡的游泳池，我在那座葱绿的院子里，除了记住了海明威的旷世才华，还感受着他的率真和独特的个性。

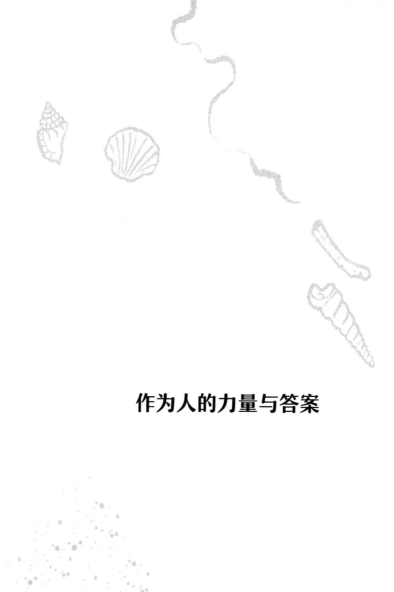

作为人的力量与答案

你站在金字塔的第几层

充满了创造性的劳动，是自我价值的最高体现。

美国心理学家马斯洛有一段名言："如果你有意地避重就轻，去做比你尽力所能做到的更小的事情，那么我警告你，在你今后的日子里，你将是很不幸的。因为你总是要逃避那些和你的能力相联系的各种机会和可能性。"每逢读到，我总是心怀战栗的感动。

一个人就像是一粒种子，天生就有发芽的欲望。只要是一颗健康的种子，哪怕是在地下埋藏千年，哪怕是到太空遨游过一圈，哪怕被冰雪封盖，哪怕经过了鸟禽消化液的浸泡，哪怕被风剑霜刀连续宰杀，只要那宝贵的胚芽还在，一到时机成熟，它就会在阳光下探出头来，绽开勃勃的生机。

现代心理学有很多精彩的论证，这些论证不能像实证的物理化学，拿出若干铁一般的证据，心理学的很多假说，建立在对人的行为的推断和研究之上，被千千万万的人所证实。

马斯洛先生所创建的人的基本需要的"金字塔"理论，

就是这样一个伟大的学说。他研究了很多人的行为和动机，特别是那些自我实现程度很高的人，之后得出了一个结论。简言之，就是在我们人类的精神内核中，存在着一个内在需要的金字塔，分成了五个台阶。

在第一个台阶上，是我们的温饱需要——最基本的生存之道。饥肠辘辘，你今晚吃什么饭？是人的第一考虑。寒冬腊月的，你今夜睡在哪里？是火车站的长凳还是马路上的水泥管？这都是头等大事。

当这个需要满足之后，紧接着就是安全的需要了。你有了吃有了住，你今天的生命是有了保障了，可是如果你被其他的人或是动物或是自然界的恶劣条件所侵犯，你远期的生命就陷在水深火热之中了。因此，一旦温饱不成问题之后，人马上就考虑安全系数。这一点，如果你不相信，尽可以放眼看去。马上能看到富人区森严的保安和世上风行的形形色色的自卫器械。当你从一个熟识的环境换到一个新环境，那不安和紧张，与陌生人交谈时的畏葸和不自在……都从另一个方面证实了安全对人的重要性。

现在我们已经到了金字塔的第三阶梯。在这个阶梯上大大地写着"爱"。这不仅是男女之爱，亲子之爱，手足之爱……这些源于血缘和繁衍的爱意，还有同伴之爱、集体之爱、祖国之爱、民族之爱、文化之爱……总之，这里所提到的"爱"，有着宽泛的含义，但它是那样不可或缺，是人类精神活动的高级需要。我们常常说，一个不懂得爱的人，是灰暗和孤独的。就是说人的精神需要如果不能完成这种超越和提升，就是饱含瑕疵的半成品。

爱之高处，就是尊严感了。人是一种特殊的动物，人是有尊严感的。一条虫子可以没有尊严，一株树木可以没有尊严，但是一个人，不是这样。如果丧失了尊严感，那就不是一个完整的人了。中国的古话里有"不吃嗟来之食"，有"士可杀不可辱"，有"君子一言，驷马难追"，等等，讲的都是尊严的问题。

在金字塔的最高点，屹立着自我价值的体现和追求。什么是自我价值的最高体现——那就是充满了创造性的劳动。我以为劳动是有高下之分的，不是指在价值层面上，而是指在带给人的由衷喜悦程度上。

你可以想象并同意一个科学家，在得不到任何报酬的情形下，不倦地研究某一个与现实相隔十万八千里的学术问题，比如"歌德巴赫猜想"，为自己换不到一块窝头，但毫无疑问，陈景润乐在其中。

你基本上不能同意一位老农在得知三年没人收购麦子的情况下，除了自己够吃之外，还会不辞劳苦地广撒麦种。在前者，创造性的劳动里面蕴含着强大的挑战和快乐；在后者，则充斥着重复性劳动的艰辛和疲惫。

人类精神需要的金字塔，在某种意义上讲，是一种铁律，几乎是不可逃避的。

当然，我们不能想象一个人在自己的温饱都得不到保障的时候，能够像斯蒂芬·霍金那样去研究宇宙大爆炸这样的问题。这也就是鲁迅先生所说的：年轻人，一是要生存，二是要发展。有一个顺序，有孰先孰后的问题。在解决了温饱和安全这些最基本的生存需要之后，你必定要不满足，你必定要有新的追求。

人类精神发育的法则你是绕不过去的。你吃得饱了，你睡得暖了，你有大房子了，你安居乐业了，你很有安全的保障了。可是，我敢说，你在心底最深邃的地方，你有火焰一样的躁动，你如果无法满足它，你就没有恒久的快乐。

让我们回到本文开端所引用的马斯洛的那段话。你以为你逃避了风险，你以为你躲避了责任，你以为你成功地掩饰了自己的才华，你以为你心甘情愿地收敛包裹自己，你就可以在人们的艳羡之中，安安稳稳地过此一生了吗？

我相信你可以用奢华的装备和风流倜傥的举止，成功地欺骗几乎所有的人，包括和你至亲至爱之人，但是，每每月朗星稀之时，你永远欺骗不了的一个人，就会在你独处的时候，顽强地站在你的面前，拷问你，鞭挞你，谴责你，纠正你……这个人不是别人，正是你自己！

由于每一个人都是那样的与众不同，由于你所具有的内在生命力一直在熊熊燃烧，所以，当你完成了自己人生的台阶之后，你就要向上攀登。你只有在这种不倦的探索中，才能丰富自己的人生，才能得到生命的欢愉，才感到自己内在的充实和价值。

人是追求创造性快乐的动物，如同飞越大洋的候鸟的脑内罗盘，掌控着我们的一系列选择和决定。你一生将成为怎样的人？在你的价值体系里，是怎样的顺序？这些看起来很浩大很空茫的标准，实际上很细致地决定着我们的工作、学习、生活的各个层面。

记得我在北大讲演的时候，递上来一张字条，上面写着："我智商很高，从小到大一直是班干部，考上北大更证明了我的实力。只要我愿意，继续读硕士和博士都不成问题。你说，我选择金钱作为我一生奋斗的大目标，你看怎样？"

我把这张字条念了。我说我很感谢这位同学对我的信任，我说人生的价值是多元的，以金钱为自己终生的奋斗目标，也大有人在。但我以为，金钱只是手段，在它之后，还有更为深在的目标在导引着你。

如果你唯钱是图，那么，你的周围将没有真正的朋友。因为古往今来，已经无数次地证明了，在金钱的旗帜下，会聚拢来很多无耻小人。

同时，你很可能得不到真正的爱情。因为爱情可以被金钱所出卖，却不可被金钱所购买。那个爱上你的人，有可能不是爱你本人，而是爱上了你的信用卡。如果你把金钱当成了证明你的自我价值的工具，我要说，除了单一和狭隘，还有一种盲从。你用世俗的标准代替了内在的准星。

期望自己的能力得到更好的发展。我觉得这是很好的理由，是内心和外在的统一，是朝着自我实现路上的迈进。

当然了，自我实现的路，绝不会是一帆风顺的。我们常常会遭遇到挫折和失败。但人生的价值并不在于永远是胜利和成功，而在于这个过程当中，我们得到了独一无二的属于自己的体验。

在生存之道解决之后，在工作中得到乐趣，就是一个极好的选择。要知道，我们每个人，一生用于工作的时间，大约七万个小时。可不要小瞧了这七万个小时，如果你是在快乐和创造中，你是在自我寻找价值的挑战中，你的人生就会过得很充实。如果你只是为了更多的钱、更宽敞的房子、更多的应酬和名声上的虚荣，你将在七万个甚至更多的时间里，委屈着自己，扼杀着自己，毁灭着自己的自由。

我在美国印第安人的保留地，遇到一位印第安心理学家。她说，在我们古老的印第安人那里，有一个风俗，即使自己的温饱没有解决，我们也会用自己的食物拯救他人。因为，对我们来说，帮助别人是精神的传统。

她说，我并不是要挑战马斯洛，我只是说，精神有时比肉体更重要。这是那位印第安心理学家最后留给我的话。

向大珍珠母贝和好葡萄学习

如果一个女人的招牌菜不是美貌而是善良，那么她的魅力可以持续到生命结束之前，只要她不得老年痴呆症或成为植物人。

在澳大利亚，生活着一种大珍珠母贝。珍珠是世界上唯一一种来自活体生物——牡蛎的宝石。牡蛎已经进化了5亿年。一只勤奋工作的大珍珠母贝，在8年的寿命中，可以繁育出4颗珍珠。随着牡蛎年龄的增长，它能容纳的珍珠也越来越大。这就是说，到了生命的晚期，这只牡蛎就有可能孕育出它这一生中最大的珍珠。

我希望年老的女人都如同大珍珠母贝，光华烨烨；也如同厚重铺排的织锦缎，安然华贵，不炫目，但可以收藏。不时抚摸着，粗糙的指肚勾连起陈年的丝缕，带出织就时的润泽。

女人年过三十，就要学会接受自己的容貌走下坡路这个事实。就像花瓣要接受凋零，越是盛极一时倾国倾城的美丽，越要面对春风不再的年轮变化。首先在理论上不害怕，然后在实践上安然接纳。人出生在这个世界上，并不是一件成品，在很多方面还有待于完善，变老就是完善的工序之一。

"三毫米的旅程，一颗好葡萄要走十年。"这是一句广告语。想想看，一粒吹弹得破的葡萄都如此坚韧不拔，要从一个青葱少女变成睿智妇人，没有几十年的历练，恐也难修成正果——向好葡萄学习。

上天赐予没有强壮肌肉的女子两样战无不胜的伟大礼物，那就是思索和时间。

由于气候、智力、精力、趣味、年龄、视力等方面的原因，人的先天平等是永远不可能的。但我们可以把这不平等变得不易觉察，就像我们把鱼和熊掌之间的差异慢慢磨平一些——说句实在话，我总觉得鱼和熊掌不在一个数量级上，不知道是不是远古的时候，鱼比较少熊比较多呢？

磨平沟壑，文化和教育能起很大的作用。女子要把学习当成最好的娱乐。学得多了，你就慢慢开始了思考。女子不要视时间为敌人，给自己一个良好的预言，你会惊奇地发现，希望之花一朵朵开放。

生活对女人的要求越来越高。你不但要像袋鼠一样敏捷跳跃寻找食物，还要有一个温暖的育儿袋。

很多受伤的女人就像疲倦的海鸟，她们飞了那么远的路，在羽翼低垂嘴角渗血的时候，仍然要不顾一切地回到自己的巢，呵护自己的幼雏。

对这样的女人，我们深深地鞠躬。

你为什么而活着

　　我有过若干次讲演的经历，在北大和清华，在军营和监狱，在农村土坯搭建的课堂和美国最奢华的私立学校……

　　面对从医学博士到纽约贫民窟的孩子等各色人群，我都会很直率地谈出对问题的想法。

　　在我的记忆中，有一次的经历非常难忘。

　　那是一所很有名望的大学，约过我好几次了，说学生们期待和我进行讨论。

　　我一直推辞，我从骨子里不喜欢演说。每逢答应一桩这样的公差，就要莫名地紧张好几天。但学校方面很执着，在第 N 次邀请的时候说，该校的学生思想之活跃甚至超过了北大，会对演讲者提出极为尖锐的问题，常常让人下不了台，有时演讲者简直是灰溜溜地离开学校。

　　听他们这样一讲，我的好奇心就被激发起来，我说我愿意接受挑战。

　　于是，我们商定了一个日子。

　　那天，大学的礼堂挤得满满的，当我穿过密密的人群走向讲台的时候，心里涌起怪异的感觉，好像进入了批斗会场，不知道今天将有怎样的场面出现。

果然，从我一开始讲话，就不断地有字条递上来，不一会儿，就在手边积成了厚厚一堆，好像深秋时节被清洁工扫起的落叶。

我一边讲课，一边充满了猜测，不知道"树叶"中潜伏着怎样的"思想炸弹"。

讲演告一段落，进入回答问题阶段，我迫不及待地打开了堆积如山的字条，一张张阅读。

那一瞬，台下变得死寂，偌大的礼堂仿若空无一人。

我看完了字条说，有一些表扬我的话，我就不念了。

除此之外，字条上提得最多的问题是——人生有什么意义？请你务必说真话，因为我们已经听过太多言不由衷的假话了。

我念完这张字条以后，台下响起了掌声。

我说你们今天提出这个问题很好，我会讲真话。我在西藏阿里的雪山之上，面对着浩瀚的苍穹和壁立的冰川，反复地思索过这个问题。

我相信，一个人在他年轻的时候，是会无数次地叩问自己——我的一生，到底要追索怎样的意义？

我想了无数个晚上和白天，终于得到了一个答案。今天，在这里，我将非常负责地对大家说，我思索的结果是：人生是没有任何意义的！

这句话说完，全场出现了短暂的寂静，如同旷野。但是，紧接着就响起了暴风雨般的掌声。

那是我在讲演中获得的最热烈的掌声。

在以前，我从来不相信有什么暴风雨般的掌声这种话，觉得那只是一个拙劣的比喻。但这一次，我相信了。

我赶快用手做了一个"暂停"的手势，但掌声还是绵延了若干时间。

我说："大家先不要忙着给我鼓掌，我的话还没有说完。我说人生是没有意义的，这不错，但是——我们每一个人要为自己确立一个意义！"

是的，关于人生的意义的讨论，充斥在我们的周围。很多说法，由于熟悉和重复，已让我们从熟视无睹滑到了厌烦。可是，这不是问题的真谛。真谛是，别人强加给你的意义，无论它多么正确，如果它不曾进入你的心理结构，它就永远是身外之物。比如我们从小就被家长灌输过人生意义的答案。在此后漫长的岁月里，谆谆告诫的老师和各种类型的教育，也都不断地向我们批发人生意义的补充版。但是，有多少人把这种外在的框架，当成了自己内在的标杆，并为之下定了奋斗终生的决心？

那一天结束讲演之后，我听到有同学说，他觉得最大的收获是听到有一个活生生的中年人亲口说，人生是没有意义的，你要为之确立一个意义。

其实，不单是中国的青年人在目标这个问题上飘忽不定，就是在美国的著名学府哈佛大学，也有很多人无法在青年时代就确立自己的目标。我看到一则材料，说某年哈佛的毕业生临出校门的时候，校方对他们做了一个有关人生目标的调查，结果是：百分之二十七的人完全没有目标；百分之六十的人目标模糊；百分之十的人有近期目标；只有百分之三的人有着清晰而长远的目标。

二十五年过去了，那百分之三的人不懈地朝着一个目标坚忍努力，成了社会的精英，而其余的人，成就要相差很多。

我之所以提到这个例子，是想说明在人生目标的确立上，无论中国还是外国的青年，都遭遇到了相当程度的朦胧或是混沌状态。

有人会说，是啊，那又怎么样？我可以一边慢慢成长，一边寻找自己的人生意义啊。

我平日也碰到很多青年朋友，诉说他们的种种苦难。

我在耐心地听完那些折磨他们的烦心事之后，把他们乞求帮助的目光撇在一旁，我会问："你的人生目标是什么呢？"

他们通常会很吃惊，好像怀疑我是否听懂了他们的愁苦，甚至恼怒我为什么对具体的问题视而不见，而盘问他们如此不着边际的空话。

更有甚者，以为我根本就没有心思听他们说话，自己胡乱找了个话题来搪塞。

我会迎着他们疑虑的目光，说："请回答我的这个问题，你为什么而活着呢？"

年轻人一般会很懊恼地说："这个问题太大了，和我现在遇到的事没有一点关联。"

我会说："你错了。世上的万事万物都有关联。有人常常以为心理上的事只和单一的外界刺激有关，就事论事，其实心理和人生的大目标有着纲举目张的紧密接触。很多心理问题，实际上都是人生的大目标出现了混乱和偏移。"

举个例子。一个小伙子找到我，说他为自己说话很快而苦恼，他交了一个女朋友，两人感情很好。但女孩子不喜欢他说话太快。一听他口若悬河滔滔不绝地说个没完，女孩就说自己快变成大头娃娃了。还说如果他不改掉这毛病，就不能把他引荐给自己的妈妈，因为老人家最烦的就是说话爱吐唾沫星子的人。

"你说我怎么才能改掉说话太快的毛病？"他殷切地看着我，闹得我都觉得如果不帮他这个忙，简直就成了毁掉他一生爱情和事业的凶手。

我说："你为什么要讲话那么快呢？"

他说："如果慢了，我怕人家没有耐心听完我的话。您知道，现在的社会节奏那么快，你讲慢了，人家就跑了。"

我说："如果按照你的这个观点发挥下去，社会节奏越来越快，你岂不是就得说绕口令了？你的准丈母娘就不是这样的人啊，她就喜欢说话速度慢一点并且注意礼仪的人啊。"

他说:"好吧,就算你说的这两种人都可以并存,但我还是觉得说话快一些,比较占便宜,可以在单位时间内传达更多的信息。"

我说:"那你的关键就是期待别人能准确地接受你的信息。你以为只有快速发射信息才是唯一的途径。你对自己的观点并不自信。"

他说:"正是这样。我生怕别人不听我的,我就快快地说,多多地说。"

当这样说完之后,连自己也笑起来。我说:"其实别人能否接受我们的观点,语速并不是最重要的。而且,你能告诉我,你为什么这样在意别人是否能接受你的观点吗?"

这个说话很快的男孩突然语塞起来,忸怩着说:"我把理想告诉你,你可不要笑话我。"

我连连保证绝不。

他说:"我的理想是当一个政治家。所有的政治家都很雄辩,你说对吧?"

我说:"这咱们就比较接触到了问题的实质。要当一个政治家,第一要自信。他们的雄辩不是来自速度,而是来自信念。一个自信的人,不论说话快还是慢,他们对自我信念的坚守流露出来,会感染他人。我知道你有如此远大的理想,这很好。你要做的事,不是把话越说越快,而是积攒自己的力量,让自己的信念更加坚定。"

那一天的谈话到此为止。后来，这个男生告诉我，他讲话的速度就慢了下来，也被批准见到了自己的准丈母娘，听说很受欢迎。

　　这边刚刚解决了一个说话快的问题，紧接着又来了一位女硕士，说自己的问题是讲话太慢，周围的人都认为她有很深的城府，不敢和她交朋友，以为在她那些缓慢吐出的话语背后，隐藏着怎样的阴谋。

　　"我试了很多方法，却无法让自己说话快起来，烦死了。"她慢吞吞地对我这样说，语速的确有一种压抑人的迟缓，好像在话的背后还隐藏着另一句话。

　　我看她急迫的神情，知道她非常焦虑。

　　我说："你讲每一句话是否都要经过慎重的考虑？"

　　她说："是啊。如果不考虑，讲错了话，谁负得了这个责？"

　　我说："你为什么特别怕讲错话？"

　　女硕士说："因为我输不起。我家庭背景不好，家里有人犯了罪，周围的人都看不起我们；家里很穷，从小靠亲戚的施舍我才能坚持学业。我生怕一句话说差了，人家不高兴，就不给我学费了。所以，连问一句'你吃了吗？'这样中国最普通的话，我也要三思而后行。我怕人家说，你连自己的饭都吃不饱，也配来问别人吃饭问题。"

　　听到这里，我说："我明白了。你觉得自己的每一句话都可能引致他人的误解，给自己造成不良影响。"女硕士连连说："对对，就是这样的。"我笑了，说："你这一句话说得并不慢啊。"她说："那我是相信你不会误会我。"我说："这就对了。你说话速度慢，不是一个技术性的问题，是你不能相信别人。你是否准备一辈子都不相信任何人？如果是这样，我断定你的讲话速度是不会改变的。如果你从此相信他人，讲话的速度自然会比较适宜，既不会太慢，也不会太快，而是能收放自如。"

那个女生后来果然有了很大的改变，她的人际关系也有了进步。

今天我们从一个很大的目标谈起，结果要在一个很小的地方结束。

我想说，一个人的心理是一座斗拱飞檐的宫殿，这座宫殿的基础就是我们对自己人生目标的规划和对世界对他人的基本看法。

一些看起来是技术和表面的问题，其实内里都和我们的基本人生观有着千丝万缕的联系。

心理问题切不可头痛医头脚痛医脚，那样如同创可贴，只能暂时封住小伤口，却无法从根本上让我们的精神强健起来。

银与福

在塔克拉玛干沙漠的边缘，有一座魔鬼城。它是雅丹（雅丹是维吾尔语，意即陡峭的丘陵）地貌形成的，被飓风的利刃和雨水的指甲还有岁月的剪刀雕刻镂空，塑就了千奇百怪的城骸和猛兽的残肢。最近被正式辟为地质公园，引来零散游客。

有一处地貌类似"无敌舰队"，无数高大的雅丹层岩，昂首挺胸，好像被天庭的巨鞭抽打着，中规中矩地朝着一个方向航行，虽悄无声息，但一往直前。每一艘舰艇都似五层楼雄伟，朋友们隐入其中玩耍照相。工作人员一个劲儿叮咛，万万不可走远误入深处，此地渺无人烟，距彭加木和余纯顺的遇难地只有几十公里。

我因脚踝扭伤，无法走进波涛起伏的沙砾，只有坐在一旁看着瀚海发呆。忽然背后有幽灵般的声音响起："客人，买一幅羊皮画吧，它会带给你好运。"猛回头，见一老媪披着黄色的袍子悄然移近我，枯瘦的手爪挥舞着一卷画轴。

我吓了一跳，觉得这老太简直就像是魔鬼城的常住人口。揉眼看不远处的越野车和天上的浑黄太阳俱在，胆子才壮了一些，问："你的羊皮画上都画了些什么？"

"什么都有，要什么有什么。它能保佑你。"老女人说着，打开了她的包袱。羊皮画卷在一起，散发着令人昏昏欲睡的气味。我一幅幅展开来看，每幅有脸盘底大小，四周缀满了憔悴的草珠子，用细而韧的羊肠线编织成网状，古朴中透着不可捉摸的空灵。画上多半写着各类经文，绘着炫彩的符咒，完全看不懂。有一幅很特别，周缘挂着木质流苏，沉甸甸地拉直了薄薄的羊皮，使画上的图案像少女的面颊平展而悦目。皮画分两面，一面染作宝蓝色，一个长相如史前岩画上走下来的小人，手舞足蹈，快乐得几乎摔了跟头。另一面是不均匀的漆黑底子，仿佛百年老灶的坑灰胡乱涂抹而成，其上用某种矿物粉，描了三个歪歪斜斜的汉字——银与福。

我拿在手中，翻来掉去地看，不解，问："什么意思？"

老人的目光在稀疏的睫毛下浑不见底，好似注满沙粉的小潭，说："银子，你懂吧，就是钱。它能保佑你有钱。"

看看同伴归来还早，我就同老人聊起来，说："银子是个好东西啊！在城里，有了银子就有了一切，可以有水，有大房子，有汽车……"

一股沙漠上的风刮来，下唇顿时就崩了口子。我吐掉牙上的土末说，"还可以买到空调和游泳池……"想想老人可能永远也不知道什么叫游泳，就闭了嘴。

老人在风沙中一动不动，说："银子就是银子，银子不是所有的东西。如果银子是一切，羊皮上就不会写着再送你'福'了。银子和福是两样东西，你可以有了银子，但是你没有福。福是另外的赐予。"

我说，有没有这样一种可能呢？我没有银子，可是我有福。

老人好似一尊沙漠中的石像，说："行的。你没有银子，可是你能有福。"

我说："不见得吧？如果真是那样，就该写着福与银了，而不是现在的顺序。"

老人并不恼，说："细细看，看它的四周是什么？"

我这才注意到羊皮画周边的木流苏，并非普通的纹饰，而是一把又一把的吃饭勺子。它们由树根雕成，平浅单薄，要是用来舀汤，可真要费不少功夫。

老人说："福的根是要有饭吃，要是没的饭吃，人就成了干尸。干尸你懂吧？"

我不住点头。干尸，当然懂，在魔鬼城，人和干尸只有一步之遥。

老人继续说，"有了吃，人就有了福底子。有银子比有福容易，有人有了银子，可是没有福。有福是最难的。你要先有了吃饭的勺子，再有了锦上添花的银子，然后，你还要去找福。银子永远不能骑在福上头。"

我从老人手中买下了"银与福"的羊皮画，目送她黄色的袍子消失在魔鬼城无敌舰队的旗舰之后。若不是羊皮画玄妙的气味直冲鼻根，我非得认定方才的情形是海市蜃楼。

直到今天，我还不时拿出这幅羊皮画抚摸端详。每一次，都会有金米样的砂粒掉出，又会被我精心地填回羊皮的皱褶。心中始终存有疑问，这画是谁的工笔？那老人吗？她如何会写汉字？她躲在魔鬼城，飘然而出，瞬忽而遁，就是为了向被城市腌得两眼发黑的我们，展示这古老的箴言？

生命的借记卡

我们每个人出生的时候，并非是两手空空，而是捏了一本生命的借记卡。

阳世通行的银行卡分有钻石卡、白金卡等细则，生命的卡则一律平等，并不因了出身的高下和财富的多寡，就对持卡人厚此薄彼。

这张卡是风做的，是空气做的，透明、无形，却又无时无刻不在拂动着我们的羽毛。

在你的亲人还没有为你写下名字的时候，这张卡就已经毫不迟延地启动了业务。卡上存进了我们生命的总长度，它被分解成一分钟一分钟的时间，树木倾斜的阴影就是它轻轻的脚印了。

密码虽然在你的手里，但储藏在生命借记卡的这个数字，你虽是主人，却无从知道。这是一个永恒的秘密，不到借记卡归零的时候，你都在混沌中。也许，它很短暂呢，幸好我不知你不知，咱们才能无忧无虑地生活着，懵然向前，支出着我们的时间，不知道会在哪一个早上那卡突然就不翼而飞，生命戛然停歇。

很多银行卡是可以透支的，甚至把透支当成一种福祉和诱饵，引领着我们超前消费，然而它也温柔地收取了不菲利息的。生命银行冷峻而傲慢，它可不搞这些花样，制度森严铁面无私。你存在账面上的数字，只会一天天一刻刻地义无反顾地减少，而绝不会增多。也许将来随着医学的进步，能把两张卡拼成一张卡，现阶段绝无可能。

也许有人会说，现在发布的生命预期表，人的寿命已经到了七八十岁的高龄，想起来，很是令人神往呢。如果把这些年头折算成分分秒秒，一年365天，一天24小时，一小时3600秒……按照我们能活80年计算，卡上的时间共计是2522880000秒。

真是一个天文数字，一下子呼吸也畅快起来，腰杆子也挺起来，每个人出生的时候，都是时间的大富翁。不过，且慢。既然算账，就要考虑周全。借记卡有一个名为"缴费通"的业务，可以代缴代扣。生命也是有必要消费的，就在我们这一呼一吸之间，卡上的数字就要减掉若干秒了。首先，令人晦气的是——我们要把借记卡上大约1/3的数额。支付给床板。床板是个哑巴，从来不会对你大叫大喊，可它索要最急，日日不息。你当然可以欠着床板的账，它假装敦厚，不动声色。一年两年甚至十年八年，它不威逼你，是个温柔的黄世仁。它的阴险在长久的沉默之后渐渐显露，它不动声色地、无声无息地报复你，让你面色干枯发摇齿动、烦躁不安歇斯底里……它会让你乖乖地把欠着它的钱加倍偿还，如果它不满意，还会把还账的你拒之门外。倘若你欠它的太多了，一怒之下，也许它会彻底撕毁了你的借记卡，纷纷扬扬飘失一地，让杨白劳就此永远躺下。所以，两害相权取其轻吧，从长远计，你切不可以慢待了床板这个索债鬼，不管它多么笑容可掬，你每天都要按时还它时间。

你还要用大约1/3的时间来吃饭、排泄、运动、交通、打电话、接吻、示爱和做爱，到远方去旅游，听朋友讲过去的事情，当然也包括发脾气和生气，和上司吵架还有哭泣……当然你也可以将这些压缩到更少的时间，但你如果在这些方面太吝啬支出的话，你就变成了一架冰冷的机器，而不再是活生生的人。

你的生命刨去了这样多的必须支出，你还剩下多少黄金时段？

唯有我们不知道生命的长短，生命才更凸显。也许，运动可以在我们的卡里增添一些跳动的数字？也许大病一场将剧烈减少我们的存款？不知道。那么，在不知道自己有多少银两的时候，精打细算就不但是本能，更是澄澈的智慧了。在不知道自己所要购买的愿景和器物有着怎样的高远和昂贵时，就一掷千金毅然付出，那才是真正的猛士视金钱如粪土了。

当我们最后驾鹤西行的时候，能带走的唯一物品，是我们空空如也的借记卡。当那个时候，我们回首查询借记卡上一项项的支出，能够莞尔一笑，觉得每一笔支出都事出有因不得不花，并将这笑容实实在在地保持到虚无缥缈间，也就是灵魂的勋章了。

其实，当你吐出最后的呼吸之时，你的借记卡就铿锵粉碎了。但是，且慢，也许在那之后，有人愿意收藏你的借记卡，犹如收藏一枚古钱。

我所喜爱的女人

我喜欢爱花的女性。花是我们日常能随手得到的最美好的景色。从昂贵的玫瑰到卑微的野菊。花不论出处，朵不分大小，只要生机勃勃地开放着，就有着令人心怡的美丽。不喜欢花的女性，她的心多半已化为寸草不生的黑戈壁。

我喜欢眼神乐于直视他人的女性。她会眼帘低垂余光袅袅，也会怒目相向入木三分。更多的时间，她是平和安静甚至是悠然地注视着面前的一切，犹如笼罩风云的星空。看人躲躲闪闪、目光如蚂蚱般跳动的女性，我总怀疑她受过太多的侵害。这或许不是她的错，但她已丢了安然向人的能力。

我喜欢到了时候就恋爱、到了时候就生子的女人，恰似一株按照节气拔苗结粒的麦子。我能理解一切的晚恋、晚育和独身，可我总固执地认为逆时辰而动，需储存巨大的勇气，才能上路。如果是平凡的女子，还是应珍爱上苍赋予的自然节律，徐步向前。

我喜欢会做饭的女人，这是从远古传下来的手艺。博物馆描述猿人生活的图画，都绘着腰间绑着兽皮的女人，低垂着乳房，拨弄着篝火，准备食物。可见烹饪对于女子，先于时装和一切其他行业。汤不一定鲜美，却要热；饼不一定酥软，却要圆。无论从爱自己还是爱他人的角度想，"食"都是一件大事。一个不爱做饭的女人，像风干的葡萄干，可能更甜，却失了珠圆玉润的本相。

我喜欢爱读书的女人。书不是胭脂，却会使女人心颜常驻；书不是棍棒，却会使女人铿锵有力；书不是羽毛，却会使女人飞翔；书不是万能的，却会使女人千变万化。不读书的女人，无论她怎样冰雪聪明，只有一世才情，可书中收藏着百代精华。

我喜欢深存感恩之心又独自远行的女人。知道谢父母，却不盲从；知道谢天地，却不畏惧；知道谢自己，却不自恋；知道谢朋友，却不依赖；知道谢每一粒种子、每一缕清风，也知道要早起播种和御风而行。

年龄的颜色

　　如果在词语上涂抹颜色，把红色比作褒奖，把黑色比作贬斥，婴儿的诞生就是一枚艳丽的圣女果铿锵落下，年龄调色盘就此开始旋转。

　　幼儿无疑是樱红色的，皮肤水嫩吹弹可破，胎毛柔软双眸晶亮，对成年人的依偎更使长辈在辛苦的同时，感到被信任的幸福和施与哺育的责任。当一个幼儿长成少年，他们开始反叛和桀骜不驯，但眼光依然如秋水般明澈，恣肆汪洋之下依然是可爱的探索和希冀。

　　如果说到青年人的颜色，我想是金红色的吧？不仅仅是红，而且有了逼人的光芒和灼热的火焰，有炫目和烘烤之感。

　　对于中年人……注意，当我们说到这个词汇的时候，会不由自主地把语速放缓，深深地吸进一口气。我们会感到平稳和力量，会感到深厚的功力和外柔内刚的主动。用颜色作比方，此时的他们是沉静而内敛的枣红色，有了一点点不易察觉的黑色潜藏其中，恰到好处，让红有了华丽的平台和根脉的喷张。

随着年龄渐增渐长，调色盘中的红色悄悄地隐没，黑色如荒草蔓延滋生。他们颊上的光润，无可挽回地凋落了，血脉开始干涸。雪白的牙齿无论怎样保护，都会出现松动和脱落。漆黑的须发无论怎样濡养，也都躲不过秋霜的点染。矫健的双腿注入了滞涩的尘锈，锐利的双眸需要借助镜片的帮忙才能看清书本……他们无可逆转地进入了老年，沉暗的黑幕跳着优雅的华尔兹，温和地不动声色地蚕食着红色的舞台，旋转着将你带到遥远的天际，那里有星星点点的光芒、如银的残月和无边的静夜……

这不是一个悲观的预测，而是一个透明的事实。如果让我更赤裸裸地说出真实，那就是这个规律对于女人来讲，更不容商榷。如晦的黑色会更早地出现，娇嫩的红色会更快地淡隐。什么美容整容化妆，都遮盖不了本质的嬗变。当绯红退潮酱黑涌入的时候，有一个专用名词，这就是——更年期。我觉得这个词挺妙——变更年龄的时期。追本溯源，什么年龄变更了呢？是一个女人从生殖的年龄变到丧失了这种功能的年龄。

这在远古，一定是一个令女子非常害怕的改变。对于种族的繁衍，她已归零。生产力低下的时代，繁殖的本能，是女性赖以生存的极为重要的资源。更不消说，由于激素的变化，她的身体内部引起了一系列陌生的信号，令她震惊和不适。她可能暴躁和哭泣，会面部潮红情绪波动，会失眠，头发干枯没有光泽……凡此种种，现代科学将之冷静地归纳在一起，打了一个大大的文件包，名曰"更年期综合征"。

有趣的是，你可以观察，大多数人，尤其是年轻人，在谈起"更年期"的时候，嘴都会不由自主地撇一下，以表达不屑和厌恶。年龄上的傲慢，是进化中的化石。现代科技与文明，已经大大地延续了人类的年龄，但那些来自远古的律令，依然盘踞在我们意识的岩缝里根须缠绕。

有人说，提出了问题就等于解决了一半。在年龄歧视这方面，我可不乐观。提出问题不是解决了一半，仅仅是觉察而已。

鱼在波涛下微笑

心在水中。水是什么呢？水就是关系。关系是什么呢？关系就是我们和万物之间密不可分的羁绊。它们如丝如缕百转千回，环绕着我们，滋润着我们，营养着我们，推动着我们。同时也制约着我们，捆绑着我们，束缚着我们，缠扰着我们。水太少了，心灵就会成为酷日下的撒哈拉。水太多了，堤坝溃塌，如同2005年夏的新奥尔良，心也会淹得两眼翻白。

人生所有的问题，都是关系的问题。在所有的关系之中，你和你自己的关系最为重要。它是关系的总脐带。如果你处理不好和自我的关系，你的一生就不得安宁和幸福。你可以成功，但没有快乐。你可以有家庭，但缺乏温暖。你可以有孩子，但却难以交流。你可以姹紫嫣红宾朋满座，但却不曾有高山流水患难之交。

你会大声地埋怨这个世界，殊不知症结就在你自己身上。

你爱自己吗？如果你不爱自己，你怎么有能力去爱他人？爱自己是最简单也是最复杂的事情。它不需要任何成本，却需要一颗无畏的灵魂。我们每个人都是不完满的，爱一个不完满的自己是勇敢者的行为。

处理好了和自己的关系，你才有精力和智慧去研究你的人际关系，去和大自然和谐相处。如果你被自己搞得焦头烂额，就像一个五内俱空的病人，哪里还有多余的热血去濡养他人！

在水中自由地遨游，闲暇的时候挣脱一切羁绊，到岸上享受晨风拂面，然后，一个华丽的俯冲，重新潜入关系之水，做一条鱼在波涛下微笑。

节令是一种命令

夏初，买菜。老人对我说："买我的吧。"看他菜摊，好似堆积着银粉色的乒乓球，西红柿摞成金字塔样。拿起一个，柿蒂部羽毛状的绿色，很翠硬地硌着我的手。我说："这么小啊，还青。远没有冬天时我吃的西红柿好呢。"

老人显著地不悦了，说："冬天的西红柿算什么西红柿呢？吃它们哪里是吃菜？分明是吃药啊。"

我很惊奇："怎么说是药呢？它们又大又红，灯笼一般美丽啊。"

老人说："那是温室里煨出来的。先用炉火烤，再用药熏，让它们变得不合规矩的胖大；用保青剂或是保红剂，让它比画的还好看。人里面有汉奸，西红柿里头也有奸细呢。冬天的西红柿就是这种假货。"

我惭愧了。多年以来，被蔬菜中的骗局所蒙蔽。"那吃什么菜好呢？"我虚心讨教。

老人的生意很清淡，乐得教诲我。口中唾钉一般说道："记着，永远吃正当节令的菜。萝卜下来就吃萝卜，白菜下来就吃白菜。节令节令，节气就是令啊！夏至那天，太阳一定最长。冬至那天，亮光一定最短。你能不信吗？不信不行。你是冬眠的狗熊，到了惊蛰，一定会醒来。你是一条长虫，冷了就得冻僵，会变得像拐棍一样打不了弯。人不能心贪，你用了种种的计策，在冬天里，抢先吃了只有夏天才长的菜，夏天到了，怎么办呢？再吃冬天的菜吗？颠了个儿，你费尽心计，不是整个瞎忙活吗？别心急，慢慢等着吧，一年四季的菜，你都能吃到。更不要说，只有野地里叫风吹绿的菜叶、太阳晒红的果子，才是最有味道的。"

我买了老人家的西红柿，慢慢地向家中走。他的西红柿虽是露地长的，质量还有推敲的必要。但他的话，浸着一种晚风的霜凉，久久伴着我。阳光斜照在网兜上，那堆略带柔软的银粉色，被勒割出精致的纹路，好像一幅生长的印谱。

人生也是有节气的啊！

春天就做春天的事情，去播种。秋天就做秋天的事情，去收获。夏天游水，冬天堆雪。快乐的时候笑，悲痛的时分洒泪。

少年需率真，过于老成，好比施用了植物催熟剂，早早定了型，抢先上市，或许能卖个好价钱，但植株不会高大，叶片不会紧密，从根本上说，该归入早夭的一列。老年太轻狂，好似理智的幼稚症，让人疑心脑幕的某一部分让岁月的虫蛀了，连缀不起精彩的长卷，包裹不住漫长的人生。

时下有句俗话——您看起来比实际的岁数年轻。听的人把它当作一句恭维或是赞美，说的人把它当作万灵的廉价礼物。我总猜测这话的背后，缩着上帝的一张笑脸。

比实际的年龄年轻，就分明是好的，美的，值得庆贺的吗？

比实际的年龄苍老，就分明是坏的，丑的，值得悲怆的吗？

那人何必还要长大？还需成熟？龟缩在婴儿的蜡烛包里，永远用着尿不湿，岂不是最高等级的优越？

小的人希冀长大，老的人祈望年轻。这种希望变更的子午线，究竟坐落在哪一扇生日的年轮？与其费尽心机地寻找秘诀，不如退而结网，锻造出心灵与年龄同步的舞蹈。

老是走向死亡的阶梯，但年轻也是临终一跃前长长的助跑。五十步笑百步，不必有过多的惆怅或是优越。年轻年老都是生命的流程，不必厚此薄彼，显出对某道工序的青睐或是鄙弃，那是对造物的大不敬，是一种浅薄而愚蠢的势利。人们可以濡养机体的青春，但不要忘记心灵的疲倦。

死亡是生命最后的成长过程，有如银粉色的西红柿被摘下以后，在夕阳中渐渐地蔓延成浓烈的红色。此刻你只有相信，每一颗西红柿里都预设了一个机关，坚定不移地服从节气的指挥。

自信第一课

　　1972 年的一天，领导通知我速去乌鲁木齐报到，新疆军区军医学校在停顿若干年后这一年第一次招生，只分给阿里军分区一个名额，首长经过研究讨论决定让我去。

　　按理说，我听到这个消息应该喜出望外才是。且不说我能回到平地，吸足充分的氧气，让自己被紫外线晒成棕褐色的脸庞得到"休养生息"，就是从学习的角度讲，"重男轻女"的部队能够把这样宝贵的唯一的名额分到我头上，也是天大的恩惠了。但是在记忆中，我似乎对此无动于衷，也许是雪山缺氧把大脑冻得迟钝了。我收拾起自己简单的行李，从雪山走下来，奔赴乌鲁木齐。

　　1969 年，我从北京到西藏当兵，那种中心和边陲的，文明和旷野的，优裕和茹毛饮血的，高地和凹地的，温暖和酷寒的，五颜六色和纯白的……一系列剧烈反差让我的心发生了沧海桑田般的变化。面临死亡咫尺之遥，面对冰雪整整三年，我再也不是当初那个天真烂漫的城市女孩，内心已变得如同喜马拉雅山万古不化的寒冰般苍老。我不会为了什么突发事件和急剧的变革而大喜大悲，只会淡然承受。

入学后，从基础课讲起，用的是第二军医大学的教材，教员由本校的老师和新疆军区总医院临床各科的主任、新疆医学院的教授担任。记得有一次，考临床病例的诊断和分析，要学员提出相应的治疗方案。那是一个不复杂的病案，大致的病情是由病毒引起重度上呼吸道感染，病人发烧、流涕、咳嗽，血象低，还伴有一些阳性体征。我提出方案的时候，除了采用常规的治疗外，还加用了抗生素。

讲评的时候，执教的老先生说："凡是在治疗方案里使用了抗生素的同学都要扣分。因为这是一个病毒感染的病例，抗生素是无效的。如果使用了，一是浪费，二是造成抗药，三是无指征滥用，四是表明医生对自己的诊断不自信，一味追求保险系数……"老先生发了一通火，走了。

后来，我找到负责教务的老师，讲了课上的情况，对他说："我就是在方案中用了抗生素的学员。我认为那位老先生的讲评有不完全的地方，我觉得冤枉。"

教务老师说："讲评的老先生是新疆最著名的医院的内科主任，他的医术在整个新疆是首屈一指的。他是权威，讲得很有道理。你有什么不服的呢？"

我说："我知道老先生很棒。但是具体问题要具体分析。他提出的这个病例并没有说出就诊所在的地理位置。比如要是在我的部队，在海拔5000米以上的高原，病员出现高烧等一系列症状，明知是病毒感染，一般的抗生素无效，我也要大剂量使用。因为高原气候恶劣，病员的抵抗力大幅度下降，很可能合并细菌感染。如果到了临床上出现明确的感染征象时才开始使用抗生素，那就晚了，来不及了。病员的生命已受到严重威胁……"

教务老师沉默不语。最后，他说："我可以把你的意见转告给老先生，但是，你的分数不能改。"

我说："分数并不重要。您听我讲完了看法，我已知足了。"

教室的门开了，校工闪了进来，搬进来一把木椅子摆在讲案旁，且侧放。我们知道，老先生又要来了。也许是年事已高，也许是习惯，总之，老先生讲课的时候是坐着的，而且要侧着坐，面孔永远不面向学生，只是对着有门或有窗的墙壁。不知道他这是积习，还是不屑于面对我们，或是有什么难言之隐。

这一次，老先生反常地站着。他满头白发，面容黩黑如铁，身板挺直如笔管，让我笃信了他曾是国民党医官一说。

老先生目光如锥，直视大家，音量不大，但在江南口音中运了力道，话语中就有种清晰的硬度了。他说："听说有人对我的讲评有意见，好像是一个叫毕淑敏的同学。这位同学，你能不能站起来，让我这个当老师的也认识你一下？"

我只有站起来。

老先生很注意地看了我一眼，说："好。毕淑敏，我认识你了，你可以坐下了。"

说实话，那几秒钟真把我吓坏了。不过，有什么办法呢？说出的话就像注射到肌肉里的药水一样，是没办法抠出来的。

全班寂静无声。

老先生说："毕淑敏，谢谢你。你是好学生，你讲得很好。你的话里有一部分不是从我这儿学到的，因为我还没有来得及教给你那么多。是的，作为一个好的医生，一定不能全搬书本，一定不能教条，要根据具体的情况决定治疗方案。在这一点上，你们要记住，无论多么好的老师，也不可能把所有的规则都教给你们。我没有去过毕淑敏所在的那个5000 米高的阿里，但是我知道缺氧对人的影响。在那种情况下，她主张使用抗生素是完全正确的。我要把她的分数改过来……"

我听到教室里响起一阵轻微的欢呼。因为写了抗生素治疗的不仅我一个，很多同学都为这一改正而欢欣。

老先生紧接着说："但在全班，我只改毕淑敏一个人的分数。你们有人和她写的一样，还是要被扣分。因为你们没有说出她那番道理，是知其然而不知其所以然。你现在再找我说也不管事了，即使你是冤枉的也不能改。因为就算你原来想到了，但对上级医生的错误没敢指出来。对年轻的医生来说，忠诚于病情和病人，比忠实于导师要重要得多。必要的时候，你宁可得罪你的上司，也万万不能得罪你的病人……"

这席话掷地有声。事过这么多年，我仍旧能够清晰地记得老先生如锥的目光和舒缓但铿锵有力的语调。平心而论，他出的那道题目是要求给出在常规情形下的治疗方案，而我竟从某个特殊的地理环境出发，并苛求于他。对一个初出茅庐的年轻人的不够全面的异议，老先生表现出了虚怀若谷的气量和真正的医生应有的磊落品格。

真的，那个分数对我来说完全不重要，重要的是我在此番高屋建瓴的话语中悟察到了一个优等医生的拳拳之心。

我甚至有时想，班上同学应该很感激我的挑战才对。因为没过多长时间，老先生就因为身体的关系不再给我们讲课了。如果不是我无意中创造了这个机会，我和同学们的人生就会残缺一段非常宝贵的教诲。

我的三年习医生涯，在我的生命中是一个重大的转折。我从生理上洞察人体，也从精神上对自己有了更多的信任。我知道了我们的灵魂居住在怎样的一团组织之中，也知道了它们的寿命和局限。如果说在阿里的时候我对生命还是模模糊糊的敬畏，那么，老师的教诲使我确立了这样的观念：一生珍爱自身，并把他人的生命看得如珠似宝，全力保卫这宝贵而脆弱的珍品。

每一天都去播种

我认识很多这样的女人，青春已永远驶离她们的驿站，在辛劳了一辈子之后，突然发现整个世界已不再需要自己。她们堕入空前的大失落，甚至怀疑自己生存的意义。

女人，你究竟为谁生活？

当我们幼小的时候，我们是为父母而活着的。我们亲昵的呼唤，乖巧的举动，帮母亲刷锅洗碗，用优异的成绩给父亲带来欣喜……女孩以为这就是生存的意义。

当我们青春的时候，我们是为工作和知识而活着。我们读书、学习、努力地工作，我们得到各式各样的奖状……女人以为这就是生存的意义。

当我们和另一半结合在一个屋檐下的时候，我们以丈夫的事业为自己的事业，无私地贡献出自己的一切……妻子以为这就是生存的意义。

当我们有了自己的孩子以后，我们视孩子胜过自己的生命。在干渴中，只要有一口水，母亲一定会把它喂给孩子；在风寒中，只要有一件衣，母亲一定会披在孩子的身上……母亲以为孩子就是自己生存的意义。

终于，丈夫先我们而去，孩子已展翅飞翔，岗位上已有了更年轻的脸庞。整个世界已把我们遗忘。

这个时候，不管你有没有勇气问自己，你都必须重新回答：为谁而生存？

生命对于每个人，都是上苍只有一次的馈赠。我们是为了自己而生活着，不是为其他的任何人。尽管我们曾经如此亲密，尽管我们说过不分离。但生命是单独的个体，无论怎样血肉交融，我们必须独自面对世界的风雨。

女人要学会播种，即使是在一个没有收获的季节。只要你感到是为自己而生活，世界也许就会在你眼中变一个样子。写文章，为什么一定要发表？自己对自己倾诉，会使心灵平和。练书法，为什么一定要展览？凝神屏气地书写，就是与天地古今的交融。教学生，为什么一定要到学校？做善事，为什么一定要别人知晓？

生命是朴素的，它让女人领略了绮旎的风光之后，回归到原始的平静。在这种对生命本质的探讨中，女人更深刻地认识到自身的价值。

在生命所有的季节播种，喜悦存在于劳动的过程中。

别给人生留遗憾

关于遗憾，我查过字典，字典里有各式各样的解释，我最喜欢的一个解释就是，我们能够去满足的心愿，可是我们没有去完成，我们深感惋惜。

我想跟大家说的第一件事，就是在我年轻的时候，真是有一件万分遗憾的事情，那件事情如果发生了，我今天根本不可能站在这里和大家做这样的一番分享。

1969年，那年我不到十七岁，就穿上军装从北京出发到达新疆。我们坐上了大卡车，（经过）六天的奔波，翻越天山，到达了南疆的喀什，我的大部分战友都留在了新疆的喀什，我们五个女兵又继续坐上大卡车，向藏北出发了。

这一次，这个世界在我的面前，已经不是平坦的了。它好像完全变成了一个竖起来的世界，每一天每一天的海拔，从三千米到四千米，从四千米到五千米……

直到最后，翻越了六千米的界山达坂，它是新疆和西藏分界的一个山脉，进入了西藏阿里。我恍惚觉得这已经不再是地球了，它荒凉的程度，让我觉得这是不是火星或者是月亮的背面。

我记得 1971 年的时候，我们要去野营拉练，时间正好是寒冬腊月。我们要背着行李包，要背着红十字箱，要背上手枪，要背上手榴弹，还有几天的干粮，一共是六十斤重。

高原之上，寒冬腊月，滴水成冰，当时的温度已经是零下四十摄氏度。

有一天早上三点钟就吹起了起床号，说我们今天要翻越无人区。无人区一共有一百二十里的路，中间不可以有任何的停留，要一鼓作气地走过去，因为那里条件特别恶劣，而且没有水。

走啊走啊走啊走啊，走到下午两三点的时候吧，我觉得那个十字背包袋，就全部嵌入到我的锁骨里面去了，一句话都说不出来，我觉得喉头不断地在发咸发苦，我想我要吐一口肯定是血。我想这样的苦难何时才能结束呢？我想我年轻的生命，为什么我所有的神经末梢，都用来忍受这种非人的痛苦？

我当时就做了一个决定，我今天我此刻我一定要自杀，我不活了。我面对的这种苦难无法忍受，我这样决定了以后，就开始打算什么时间坠崖而亡。

就这样不断地在找，不断地在找合适的时机，终于我找到了一个特别合适的地方，往上看就是峭壁高耸，往下看是深不见底的悬崖。我想我只要松下手掉下去，我一定会死。

但是在最后一刹那，我突然发现我后面的那个战友，他离得我太近了，我如果下去的话，我一定会把他也带到悬崖之下，我在想我已经决定要死，可是我不应该拖累了别人。

那队伍在行进中，这样的好时机也是稍纵即逝，之后地势又变得比较平坦，我再想找这么一个地方就不容易了。这样走着走着天就黑了，我们就走到了目的地。

一百二十里路就这样走过去了，背负着那六十斤的负重，也一两不少地被我背到了目的地。

我站在那个雪原之上，把自己的全身都摸了一遍，每一个指关节，自己的膝盖，包括我的双脚，我确信在经历了这样的苦难之后，我的身体上连一根头发都没有少。

那一天给了我一个特别深刻的教育就是：当我们常常以为自己顶不住的时候，并不是最后的时刻，而是我们的精神崩溃了。

那你只要坚持精神的重整，坚持精神的出发，其实当我们觉得那是万劫不复的情景，也依然可以去找到它的出口，也依然可以坚持过来。

我知道年轻的朋友们，在我们的生活当中，会有各式各样的苦难。有的时候有的家长跟我说：您能告诉我一个方法，让我的孩子少受苦难吗？我说我能告诉你的，唯一可以确定的事情是，你的孩子他必然遭受苦难。

而且我们年轻的时候，我们的神经是那么的敏感，我们的记忆是那么清晰，我们的感情是那么充沛，我们每一道伤都会流出热血。

所以尽管有很多人告诉你们，年轻是一个人最美好的时代，我也想告诉你，年轻是我们痛苦的时候，我们会留下很多很多的遗憾。

那么最大的遗憾，就是断然结束自己的生命，我想这是对生命的大不敬。而且以我个人的经历来讲，那一天我没有结束自己的生命，我坚持下来了，我才发现，原来那最不可战胜的，并不是我们的遭遇，而是我们内心是否坚强。

日本有一位医生，他的工作就是专门去照顾那些临终的病人。他和大约一千名临终的病人交谈过，后来他总结出了二十五条人生的遗憾，其中包括：没有吃到美食，没有回过自己的故乡，自己的孩子没有结婚，等等。

我和这位医生也深有同感，因为我曾经去过临终关怀医院，也陪伴着那些临终的人，走向他们生命的最后时刻，也跟他们有过很多倾心的交谈。

我曾经到一间临终的病房，那是一位八十岁的老人，连他的儿女们都不再陪伴在他的身边了。他的儿女们都在外面说，他们不忍心看到那最后一刻，我说那我愿意进去陪伴他。我走进那个房间，深深地吸了一口气。我觉得在这个空气里有很多很多临终病人最后吐出的气息。

然后我躺在那位老人的身边，摸着他的手，然后那个老人，轻轻地跟我说了一句话，他说我觉得我这一辈子，怎么好像没活过啊。

我今天把这个故事和年轻的朋友们来分享，我就是想说，我们每一个人的生命都是一张单程的火车票，我们每一个人都没有拿到回来的那张票。

所以生命从我们出生那天开始，它就像箭一样地射向远方，我们能够在自己手里，把持住的就是我们此时此刻这无比宝贵的生命。

我特别想说，我希望我们的理想服从于我们的价值观。在我们的心里，能够燃烧起熊熊火焰，并且给我们的一生以指引和动力的，是我们对于自己认为最美好的那些价值的追求。

用宽容治愈焦虑

宽容就是允许别人有判断和行动的自由。对不同于自己的观点和行为，哪怕已经预见到了一切危险的结局，也依然耐心地公正地等待。

这一点，好难啊。可能是当过临床心理学家的缘故，听过很多人的故事，知道很多人的结局，这也就让我的人生，在某种程度上记住了很多人的经验。我没有更精湛的远见卓识，只是像一只老啄木鸟，敲击的树干比较多了，对于哪里有虫子，判断力稍好。

最常有的悲哀，是看到危险渊薮，而当事人还以为是一马平川，逍遥向前。我大声疾呼警示危险，但人们闭目塞听优哉走去，令我惆怅叹息。时间久了，我也咽喉嘶哑，明知不可为而为之的耐心，渐渐消减。

更多的时候，因为当事人并没有征询我的意见，我也不能挺身而出干涉他人的生活，眼睁睁地看着列车出轨，人仰马翻。

人要想慈悲地输出智慧，不自作多情，也不是容易事。

这种时刻，让我焦灼。

时间久了，也想明白了。不能以为焦虑不安就是贡献力量的一种方式，这是弄巧成拙，既帮不了别人，也毁了自己的欢愉。

焦虑本身并不是竭尽全力的表达，只是不良心理状态的折磨。其实，人生并没有一定的对错之分。生命是一个过程，万丈红尘、万千气象都是常态。宽容就是接受和自己不同的人生状态，并不歇斯底里。

无形容颜

　　除了蒙面匪，我们向人时都有一副容颜，或姣或陋，此乃上天与父母合谋的奉送。它像一件不是自主选定的商品，无处退换，不论满意与否都得义无反顾地佩戴下去，还需忍受它的褪色与破旧，直至与身俱灭。虽说整形与美容术可使某些乏善可陈的相貌得到修正，但从根本上讲，我们的脸都是造化随机奉送的礼物，绝非不喜欢就可轻易扒下，再换一张新的画片。

　　然而事情又有些怪异，按说千人千面，绝不雷同，但每逢分手之后，我追忆熟悉的朋友或新结识的诸色人等，他们的脸往往如淋了雨的泥娃娃，五官模糊成团，心头浮起的只是一汪暗影，好像柏油路上水渍洇开的油迹，朦胧浮动，难以界定。淡去的眉眼缩略简化成某种符号——亲切或是寒冷的感觉，温馨或是漠然的情致，和谐或是嘈杂的音调。或者干脆涌出一片颜色：柔润的夕阳红、华贵的荸荠紫、神秘的宇航灰或污浊的狗尾巴黄。更多的时候，一提到某个名字，与之相关的那张具体的脸仿佛突然被巨型"消字灵"涂掉，代之一股情绪的云雾，或愉悦或厌倦，弥漫心头。

早先以为自己有残缺，大脑里专管录像的那一部分遭了虫蛀，成了破包袱皮，再也包裹不住有关相貌的记忆，后来年事渐长，与人交流，才知天下有这等恍惚毛病的人颇不少。方明白人的脸，乃是一个变数。

眼光直接注视的时候，对方的眉目自然是清晰的。可惜心灵的感光，基本上是一次成像不保存底片，加上懒散，有形的面容一旦撤离视野，记忆就清理记录，大而化之地分门别类，一一归档。人的有形容貌，无法恒久烙下记忆，卷宗收留的只是提炼过的印象。

世上资产，分为有形和无形。无形资产的定义，我以为是指超出物质的实际价值，由于你的努力在人们心目中形成的信任——简言之，它是你的名字进入他人耳鼓时，呼唤起的一种美好感情。

摒除其中的商业因素，对于人的容颜来说，或可借用这个概念。脸后有脸。

上天赋予我们的端正或歪斜的眉眼、粗糙或光滑的皮肤、颀长或粗短的身材、完整或残缺的四肢……均是我们有形的容颜，每个人后天创造发展的性格、品行、能力，属于你的无形容颜。

无形脸有正负之分。一个人只有美丽的外表，却没有相应的内在，初次结识时秀丽外形所留下的愉悦印象就会犹如沙上之塔，很快便会被残酷的现实冲刷得千疮百孔。无形容颜的毁灭，像一场"精神天花"，人际关系一旦被传染，犹如多米诺骨牌轰然倒塌。从此提起你的时候，人们会遗憾甚或恼怒地说："那个人啊，金玉其外，败絮其中。"

无形脸不会衰老。只要我们浇灌慧根、磨砺意志、拓展胸臆，它便会从幼年开始，如同花树一般渐渐生长，直至轮廓分明、明眸皓齿、青丝不老、慈眉善目……岁月流逝，沧海桑田，但在欢喜你、亲近你的眼光中，你所留下的形象始终如一，引起的感觉永恒温暖。比如远行的双亲，纵是白发苍苍，在儿女们心中依旧是盛年音容、风采卓然。

我们习惯以思为笔，在心灵之纸上勾勒众人容貌。它和古时衙门的"画影图形"不同，与真实的形象已无关联，只对真实的情感负责。无形容貌是想象和判断的产物，摒弃工笔，重在写意。它缥缈，却比纤毫不差的实照具有更持久的魅力。

无形脸可以美丽也可以丑陋，能怒火中烧也能垂头丧气，会神采奕奕也会惨淡无光。无形容颜的营造也像一门古老的手艺，"师父领进门，修行在个人"，如果你背信弃义，无形脸的画布上就留下贼眉鼠眼的一笔。如果你阿谀奉承，画布上就面色萎黄。如果你恃强凌弱，画布上就口眼歪斜。如果你居心叵测，画布上就血盆大口。如果你聪慧机警，画布上就眉清目秀。如果你襟怀坦荡，画布上就有浩然正气流注天庭。

我们对有形的容颜可以心平气和、随遇而安，对无形的容颜却要惨淡经营、精益求精。有形的容颜可以有疵而不坠青云之志，无形的容颜不能肮脏受污而无动于衷。

有形的脸可存不完美，无形的脸必得常修炼。

珍惜每个人的无形脸，它是品德签发的通行证。凭着优雅的无形容颜，我们可以在萍水相逢的一瞬，遭遇千金难买的信任，转危为安；我们可以在旋转的大千世界，找到志同道合的朋友，共赴天涯。

看着别人的眼睛

很小的时候，如果我有了过失，说了谎话，又不愿承认的时候，妈妈就会说：看着我的眼睛。如果我襟怀坦荡，我就敢看着她的眼睛，否则就只有羞愧地低头。

从此，我面对别人的时候，一定看着他的眼睛。

当我失败的时候，看着亲人的眼睛，我无地自容。但悲伤会使我的眼睛蒙满泪水，却不会使我闭上眼睛。看着批评我的目光，我会激起正视缺点的勇气与信念。我会仔细回顾我走过的路，看着自己是怎样跌倒的，今后避开同样的危险。

当我受到表扬的时候，我也快乐地注视着别人的眼睛。我不喜欢假装谦虚把睫毛深深地垂下，一个人回到僻静处悄悄地乐。我愿意把心中的喜悦像满桶的水一样溢出来，让我的朋友们分享。在我的亲人我的朋友的眼睛里，我读出他们的快活和对我更高的希冀。表扬不但没有使我忘乎所以，反倒更使我感到肩上的担子沉重。成功好比是一座小山，一个准备走很远的路的旅人，站得高了，才会看到目的地的篱火。他会加快自己的脚步。

当我面对陌生人的时候，我会格外注视他的眼睛。眼睛是心灵的窗户已经是被说腻了的古话，可我要说眼睛不仅仅是窗户，它还是心灵的家。假如陌生人的目光坦诚而友好，我会向他伸出我的手。假如陌生人的目光犹疑而彷徨，我断定他为一个没有主见的人，不能成为朋友。假如陌生人的目光躲闪而阴暗，我会退避三舍，在心里敲起警钟。假如陌生人的目光孤苦无告，我愿意提供力所能及的帮助。

当我面对熟识的人的时候，我会观察他的眼睛有没有变化。岁月会改变一个人的眼光，就像油漆的家具会变色一样。但是有些老朋友的眼光是不会变的，像最清澈的水晶，晶莹一生。但他们的眼睛会随着思绪的喜怒哀乐变换颜色，作为朋友，我愿与他们分担。假如他们悲哀，我愿为他们宽心。假如他们喜悦，我愿与他们分享。假如他们焦虑，我愿出谋划策。假如他们忧郁，我愿陪着他们沿着静静的小河走很远很远。

当我独自一人面对镜子的时候，我严格地审视自己的眼睛。它是否还保持着童年人的纯真与善良？它是否还凝聚着少年人的敏锐与蓬勃？它在历尽沧桑以后，是否还向往人世间的真善美？面对今后岁月的风霜雨雪，它是否依旧满怀勇气与希望？

当我面对森林的时候，我注视着森林的眼睛。它就是树干上斑驳的年轮和随风摇曳的无数嫩叶。它们既苍老又年轻，流露出大自然无限的生机。

当我在月夜里面对星空的时候，我注视着宇宙的眼睛。那是苍穹无数的星辰。天是那样的幽蓝而辽阔，周围是那样的静寂而悠远。作为一个单独的人，我们是多么渺小啊！但正是看似微不足道的人类，开始了征服宇宙的长征。在这个意义上，人类又是那样伟大而悲壮。每一个孤立的人，都像小星一样微弱，但集结起来，就可以给迷途的人指引方向，就可以在黑暗中放出光明。

我注视着滔滔的流水，浪花就是它的眼睛。生命在于运动，假如大海没有了波涛，就结束了它浩瀚博大的使命，大海就瞎了，成为死水一潭。再也不能负载舟楫远航，再也不能任海鸥翱翔，再也不能繁养无数的水族，再也不能驮着我们在海滩上嬉戏……

世界上所有的生灵都有它们的眼睛。就看你用不用心寻找，就看你有没有勇气和它对视。

当我刚刚开始学习注视别人的眼睛的时候，心中很有些不安。我觉得自己是个小小的孩童，我怎么敢看着别人的眼睛？那不是太不尊敬人了吗？我对妈妈讲了我的顾虑，她笑了，说，那你明天试着看看老师的眼睛。

第二天，在课堂上，我开始注视着老师的眼睛。好怪啊，老师好像专门给我一个人讲课似的。我的思考紧紧地跟随老师的讲解，在知识的森林里寻觅。当讲到重要的地方，我看到老师的眼睛里冒出精彩的火花，我知道自己一定要记住它。当老师的眼光像湖水一样平静的时候，我知道这只需要一般掌握。当我在读老师眼睛的时候，老师也在读我的眼睛。假如我显现出迷惘与困惑，老师就会停顿他讲解的步伐，在原地连兜几个圈子，直到我的目光重又明亮如洗。假如我调皮地向他眨眨眼睛，他会突然把讲了一半的话咽进嘴里。他知道我已心领神会，可以继续向下讲了。

我这才知道，眼睛对眼睛，是可以说话的。它们进行无声的交流，在这种通行的世界语里，容不得谎言，用不着翻译。它们比嘴巴更真实地反映着一个人隐秘的内心世界。

随着年龄的增长，我明白了注视着别人的眼睛，是一种郑重，是一种尊敬，是一种信任，是一种坦诚。

当然了，这种注视不是死瞪瞪地盯着人家看，那样可真有点傻乎乎并且不文雅了。注视的目光应该是宁静而安然的，好像我们在晴朗的天气，眺望远处的青山。

如果我听懂了他的话，我会轻轻地点头。如果我需要他详细解说，我会用目光传达出这种请求。

注视着别人的眼睛，也给自己提出了更高的要求。

当我注视着别人的眼睛说谢谢你的时候，我必须发自内心的真诚。

当我注视着别人的眼睛说对不起的时候，我必须传递由衷的歉意。

当我注视着别人的眼睛说我能把这件事做好，我一定要下一个必胜的信心。

当我注视着别人的眼睛说请相信我，我觉得自己陡然间增长了才干和胆魄。

医学家证明，人在说谎的时候，无论他多么历练老辣，他的眼睛都会泄露他的秘密。他的瞳孔会散大，他的视线会游移，眼睑也会不由自主地下垂。

为了我们能够勇敢地注视别人的眼睛并不怕被别人所注视，让我们做一个襟怀坦荡、心灵像水晶般透明的人。

最单纯的生活必需品

　　迪士尼版的《森林王子》，描写一个人类婴孩巴克利，偶入大森林，被野狼阿力一家收养，在大熊巴鲁、黑豹巴希拉等动物的呵护与培养下，成为友善、勇敢、智慧、快乐的少年；描绘了一幅人与动物在大自然的怀抱中和谐相处的图画。

　　片中各种动物的造型和举止，颇符合物种个性的特征，险而不惊。特别是蟒蛇与巴克利的斗智斗勇，美妙的搏斗场面，既让人想起蛇那油光水滑阴险狡诈的秉性，被它的盘旋晕得眼花缭乱，又让人在紧张中怡情，充满了机警的悬念。大熊巴鲁为了拯救巴克利，与森林之王老虎谢利展开了殊死搏斗，以致昏倒在地。黑豹巴希拉误以为它已阵亡，心情激动地致了一段感人肺腑的悼词。大熊巴鲁慢慢苏醒后躺在地上，一动不动地倾听着，在庄严肃穆中，引出人们啼笑皆非的泪水。

　　巴鲁复苏之后，开始教导人类的孩子巴克利，如何在大自然中生活。那只载歌载舞的憨厚大熊，反复吟唱着一句话——"让我们，得到，最单纯的生活必需品……"

真是令人拍案叫绝的真理——最单纯的生活必需品——由一只熊告诉我们。

人想活着，就必然得有一些必不可少的物件陪伴左右。几年前，我见到一个乡下孩子和一个城里孩子在做游戏。一张卡片，正面写着问题，背面写着答案。双方看着问题回答，对与不对，以卡片背面的答案为准。那题目是——生命存活的三大基本要素是什么？

城里孩子说，这还不简单吗？就是脂肪、蛋白质和碳水化合物呗！乡下孩子说，啥叫脂肪？不就是猪大油吗？人没有猪油那些荤腥吃，能活。蛋白质是啥？不就是鸡蛋吗？人吃不上鸡蛋也可以活的。碳水化合物是啥东西，俺不知道。俺只知道人要活着，最要紧的是要有水、火柴和粮食！

那张硬硬的精美卡片后面的答案，判定城里孩子的回答正确。但说心里话，我更认为乡下孩子的答案率真和智慧。

纵观人类的历史，我们的生活必需品的名录，就像银行信用卡恶意透支的黑名单，是越来越长了。一千年前，假如我们外出，真如那个乡下孩子所讲，只需带上水和干粮，再携一把火镰。现在呢，要有旅游鞋休闲装，盆碗帐篷净水器，驱蚊油防晒霜，卫星电视电话机……这应该算是进步吧？只是大自然不堪重负了。养育一个现代人的物资，足够当初养活一百个一千个原始人。

大熊的箴言里，还有一个含义——单纯。单纯是一种很真实很透明的东西，我们已经在进化中将它忽略和玷污。比如水吧，人体的细胞能所需要的，是纯净的自然之水，而绝不是啤酒、可口可乐和掺了色素的某种浑浊液体。人们先是把水弄得很复杂，然后再把脏水过滤。当人们饮着这种再生的清水，沾沾自喜，以为是文明和进步，其实比古代人的饮水质量，还差着档次。

再如空气，人的肺所需要的，是凛冽的清新的山谷森林之风，而绝不是被汽车吞吐了千百次的工业废气。人们聚集在城市里，在空气中混淆进数不清的杂质，然后摇摇头说，这样的地方，太不利于健康了。于是就开着汽车，满世界找青山绿水的地方，心安理得地住下来，把新的污染带给那里。

人们本来应该简洁明确地表白自己的内心，这样会避免多少误会，增进多少了解，节约多少人生啊！但是，不。有的人就习惯于虚伪客套声东击西云山雾罩，并称这些技术技巧为礼仪和外交，让世界变得遮遮盖盖诡谲莫测。于是无数人在这面难以超越的黑斗篷前终生猜谜，并因此形成窥探的癖好。

也许我们可以对自己精神和物质生活中所需要的庞大分子分母，来一个约分。本着单纯和必需的原则，把太繁多的精简，把太复杂的摒弃。必需的东西越少，我们的脚步就越轻捷。佛家有一句话，叫"无挂碍物者无恐怖"，不妨借用来，少需要物者少烦恼。因为必需少，所以受限轻。人就获得了更快的行走，更高的飞翔。

单纯这件事，说起来简单，做起来不容易。因为世界上有许许多多的杂质，无时无刻不在腐蚀着单纯。人们往往以为单纯只存在于童贞，如果你在晚年还保有单纯，不是太傻，就是天赐的一种好运气，保佑你未曾遭遇污染侵袭，所以依旧清澈。其实，最有力量的单纯，是历练过复杂之后的九九归一。以不变应万变，自身有过滤化解和中和澄清的功能。任你腥风血雨，我自静若处子。心永远清清的，呼吸永远是轻轻的……

美丽是心底的明媚

认识一位资深的整形医生，我问，您可以一眼就看出谁整过形吗？

她说，基本可以。特别是演艺界的人，他们的脸是公开的档案。某个演员笑容呆滞的时候，我知道她刚刚做完一个微型整形项目。某个当红明星突然没有什么缘由地销声匿迹，过一段时间高调复出，我看后知道他刚刚把自己打磨完工。我还知道，过一段时间，为了保持良好状态，他就得开始下一轮整形了。

我说，整形效果难以持久，是不是他们碰上了手艺不堪的整形医生，所以事倍功半呢？

她说，整形这件事，大约有60%的效果要仰仗整形医生的经验和技术，剩下的30%呢，要看接受者的条件，比如不能是疤痕体质。

我把这两者的概率加了一下，并不到100%，就说，那剩下的呢？

整形医生说，剩下的要看天意，就是概率，再说明白点就是运气。有时候，医生没有问题，病人没有问题，却南辕北辙，甚至丢了性命，就是这神鬼难测的 10% 在起作用。

我说，这么有风险的事情，为什么人们还要前赴后继在所不辞？

整形医生说，我们这一行真是蒸蒸日上。不管经济是不是景气，每年的增长率都达到两位数。特别是现在开辟了新战场。

我说，你们那儿刀光剑影血流成河，真可谓战场。只不过这增的部分位于哪里？

整形医生说，是小鲜肉们。过去男子除了受伤毁容必须要做整形之外，来的毕竟很有限，多年来只占一个很小的固定比例。最近几年，小鲜肉啊颜值啊呼声震天，年轻男子整形的比例大幅度上升。天生的小鲜肉数目毕竟有限，我们就后天大批量制造小鲜肉和好颜值，也迎来了整个市场的黄金发展时期。

我说，您整形前，一定要好好观察他们的长相吧？

整形医生说，除此之外，最重要的是我让他们一定回答一个问题。回答不正确的，我就不给他做整形。

我说，是什么问题？

整形医生说，请把你的心想象成一座山谷，告诉我，那里是怎样的景象？

有人说，山谷里绿树成荫泉水潺潺。有人说，山谷里鸟鸣不绝百兽出没。

有人说，他的山谷里阴风惨惨，宛若地狱。

有人说，他的山谷里毒蛇盘踞豺狗成群。

我说，这和整形有什么关系呢？

整形医生说，整形的效果并不是一劳永逸，相由心生。人们为什么要整形？说到底是为了让自己的容貌美丽。可是再端正的容貌，也不是一成不变的。它一定会随着人心的动荡而此起彼伏。就像一件牛仔裤穿在不同人的身上，半年后，就会养成不同的纹路，人的容貌也是一块更细腻的布。天然的容貌是这样，靠人工矫正过的容貌更经不起磨损。愁苦，会生出相应的皱纹。快乐，则会有完全不同的纹路。如果你想要美好容颜，请先让自己心境明媚。

也有人拒绝做这个想象，说，我不告诉你，你就不会知道我的心事。

我就对他说，你当然可以不告诉我，也可以不对任何人说出你的秘密。但是你不知道，你身边就潜藏着证人，不断揭发你试图掩藏的一切。

那人多半大惊失色，说，这是谁？他躲在哪儿？为什么刺探并出卖我！

我说，它就是你的脸，你的容貌，你的动作，你的身体，包括你所散发出来的气场。我们的心灵就像树根，滋养生发塑造着我们的身体。一棵树的叶子光泽灼灼，花开艳丽，你就知道它的根系深长营养丰饶。绝大多数的叶子和根长得一点都不相似，可叶子是根的证件照。

很多人用尽种种法子，来补充皮肤上的水，来拉直面颊上的纹，来填丰唇上的沟壑，来挑垫低垂的眉……在高明的整形医生手下，这些都不是难事。你可以在短时间内看到某人焕然一新的容貌。然而，整形医生手中的刀，抵不过天下另外两把刀。

我说，那两把刀是什么？

她说，一把刀是时间，时间会冲刷整容的效果，就像雪堆遇到春阳，渐渐融化。还有一把更尖锐的刀，就是心灵的雕刻。只有心底的明媚，才能滋养出旷日持久的美丽。

发出声音永远是有用的

有一年，我应邀到一所中学演讲。中国北方的农村，露天操场，围坐着几千名学生。他们穿着翠蓝色校服，脸蛋呈现出一种深紫的玫瑰红色——冬天，很冷。

我从不曾在这样冷的地方讲过这么多的话。虽然我以前在西藏待过，经历过零下四十摄氏度的严寒，但那时军人们急匆匆像木偶一般赶路，缄口不语，说话会让周身的热量非常快地流失。这一次，吸进冷风，呼出热气，在腊月的严寒中面对着一群眼巴巴的农村少年谈人生和理想，我口中吐出一团团的白气，像老式的蒸汽火车头。

演讲完了，我说，谁有什么问题，可以写张字条。这是演讲的惯例，我有什么地方说得不妥当，请大家指正。孩子们掏出纸笔，往手心哈一口热气，纷纷写起来。老师们很负责地在操场上穿行，收集字条。

我打开一张字条。上面写着：我很生气，这个世界是不平等的。比如，我为什么是一个女孩呢？我的爸爸为什么是一个农民，而我同桌的爸爸却是县长？为什么我上学要走那么远的路，我的同桌却坐着小汽车？为什么我只有一支笔，他却有那么大的一个铅笔盒？

我看着那一排钩子一样的问号，心想这是一个充满了愤怒的女孩，如果她张嘴说话，一定像冲出了一股乙炔，空气都会燃起蓝白的火苗。

我大声地把她写的字条念了出来。那一瞬，操场上很静很静，听得见遥远的天边，有一只小鸟在嘹亮地歌唱。我从台子上望下去，一双双乌溜溜的眼珠，在玫瑰红色的脸蛋上瞪得溜圆，还有人东张西望，估计他们在猜测字条的主人。

据说孩子们在妈妈的肚子里，就能体会到母亲的感情。很多女孩子从那个时候，就感受到了这个世界的不平等。因为你不是一个男孩，你不符合大家的期望。

这有什么办法吗？没有。起码在现阶段，没有办法改变你的性别。你只有认命。我在这里说的"命"，不是虚无缥缈的命运，而是指你与生俱来的一些不能改变的东西。比如你的性别，比如你的相貌，比如你的父母，比如你降生的时间、地点……总之，在你出生以前就已经具备的这些东西，都不是你所能左右的。你只能安然接受。

不要相信对你说"这个世界是平等的"那些话，在现阶段，这只是一厢情愿。不过，你不必悲观丧气。其实，世界已经渐渐在向平等的灯塔航行。比如一百年前，你能到学堂里来读书吗？你很可能裹着小脚，在屋里低眉顺眼地学做女红。县长的儿子，在那个时候，要叫作县太爷的公子了，你怎么可能和他成为同桌？在争取平等的路上，我们已经出发了。记住，没有什么人承诺和担保你一生下来就享有阳光灿烂的平等。你去看看动物界，就知道平等是多么罕见了。平等是人们智慧的产物，是维持大多数人安宁的策略。你明白了这件事情，就会少很多愤怒，多很多感恩。你已经享受了很多人奋斗的成果，你的回报，就是继续努力，而不是抱怨。

身为女子，你不要对这样的不平等安之若素。你可以发出声音。说了和没有说，在暂时的结果上可能是一样的，但长远的感受和影响是不一样的，对你性格的发展是不一样的。而且，只要你不断地说下去，事情也许就会有变化。记住，发出声音永远是有用的，因为它们可能会被听到并引发改变。

说实话，让一个受到忽视的女孩子，很小就发出对于自己不公平待遇的呐喊，几乎是不可能的。但我思索再三，还是决定保留这个期望。因为今天的女孩，也可能变成明天的母亲。如若她们因循守旧，照样端起不平等的衣钵，如若她们的女儿发出呼声，也许能触动她们内在的记忆，事情就有可能发生变化。当然，如果女孩子长大了，到了公共场合，这一条就更要记住并择机实施。

记住，呐喊是必须的，就算这一辈子无人听见，回声也将激荡久远。

看心理医生的人

穿宝蓝绸衣的女子

在咨询室米黄色的沙发上，安坐着一位美丽的女性。她上身穿着宝蓝色的真丝绣花 Y 领上衣，衣襟上一枚鹅黄水晶的水仙花状胸针熠熠发亮。下着一条乳白色的宽松长裤，有一种古典的恬静花香弥散出来。服饰反射着心灵的波光，常常从来访者的衣着中就窥到他内心的律动。但对这位女性，我着实有些摸不着头脑。她似乎很能控制自己的情绪，安宁而胸有成竹，但眼神中有些很激烈的精神碎屑在闪烁。她为何而来？

"您一定想不出我有什么问题。"她轻轻地开了口。

我点点头。是的，我猜不出。心理医生是人不是神。我耐心地等待着她。我相信，她来到我这儿，不是为了给我出个谜语来玩。

她看我不搭话，就接着说下去。"我心理挺正常的，说真的，我周围的人有了思想问题都找我呢！大伙儿都说我是半个心理医生。我看过很多心理学方面的书，对自己也有了解。"

她说到这儿，很注意地看着我。我点点头，表示相信她所说的一切。是的，我知道有很多这样的年轻人，他们渴望了解自己，也愿意帮助别人。但心理医生要经过严格的系统的训练，并非只是看书就可以达到水准的。

"我知道我基本上算是一个正常人，在某些人的眼中，我简直就是成功者。有一份薪水很高的工作，有一个爱我、我也爱他的老公，还有房子和车。基本上也算是快活，可是，我不满足。我有一个问题——怎样才能做到外柔内刚？"

我说："我看出你很苦恼，期望着改变。能把你的情况说得更详尽一些吗？有时，具体就是深入，细节就是症结。"

穿宝蓝绸衣的女子说："我读过很多时尚杂志，知道怎样颔首微笑、怎样举手投足。你看我这举止打扮，是不是很淑女？"

我说："是啊。"

穿宝蓝绸衣的女子说："可是这只是我的假象。在我的内心，涌动着激烈的怒火。我看到办公室内的尔虞我诈，先是极力地隐忍。我想，我要用自己的善良和大度感染大家，用自己的微笑消弭裂痕。刚开始我收到了一定的成效，大家都说我是办公室的一缕春风。可惜时间长了，春风先是变成了秋风，后来干脆成了西北风。我再也保持不了淑女的风范。开业务会，我会因为不同意见而勃然大怒，对我看不惯的人和事猛烈攻击，有的时候还会把矛头直接指向我的顶头上司，甚至直接顶撞老板。出外办事也是一样，人家都以为我是一个弱女子，但没想到我一出口，就像上了膛的机关枪，横扫一气。如果我始终是这样也就罢了，干脆永远的怒目金刚也不失为一种风格。但是，每次发过脾气之后，我都会飞快地进入后悔的阶段，我仿佛被鬼魂附体，在那个特定的时间就不是我了，而是另一个披着我的淑女之皮的人。我不喜欢她，可她又确确实实是我的一部分。"

看得出这番叙述让她堕入了苦恼的渊薮，眼圈都红了。我递给她一张面巾纸，她把柔柔的纸平铺在脸上，并不像常人那般上下一通揩擦，而是很细致地在眼圈和面颊上按了按，怕毁了自己精致的妆容。待她恢复平静后，我说："那么你理想中的外柔内刚是怎样的呢？"

穿宝蓝绸衣的女子一下子活泼起来，说："我给你讲个故事吧。那时我在国外，看到一家饭店冤枉了一位印度女子，明明道理在她这边，可饭店就是诬她偷拿了某个贵重的台灯，要罚她的款。大庭广众之下，众目睽睽的，非常尴尬。要是我，哼，必得据理力争，大吵大闹，逼他们拿出证据，否则绝不罢休。那位女子身着艳丽的纱丽，长发披肩，不温不火，在整个两小时的征伐中，脸上始终挂着温婉的笑容，但是在原则问题上丝毫不让。面对咄咄逼人的饭店员工的围攻，她不急不恼，连语音的分贝都没有丝毫的提高，她不曾从自己的立场上退让一分，也没有一个小动作表失了风范，头发丝的每一次拂动都合乎礼仪。"

"那种表面上水波不兴、骨子里铮铮作响的风度，真是太有魅力啦!"穿宝蓝绸衣的女子的眼神充满了神往。

我说:"我明白你的意思了,你很想具备这种收放自如的本领:该硬的时候坚如磐石,该软的时候绵若无骨。"

她说"正是。我想了很多办法,真可谓机关算尽,可我还是做不到,最多只能做到外表看起来好像很镇静,其实内心躁动不安。"

我说:"当你有了什么不满意的时候,是不是很爱压抑着自己?"穿宝蓝绸衣的女子说:"那当然了。什么叫老练,什么叫城府,指的就是这些啊。人小的时候天天盼着长大,长大的标准是什么?这不就是长大嘛!人小的时候,高兴啊懊恼啊,都写在脸上,这就是幼稚,是缺乏社会经验。当我们一天天成长,就学会了察言观色,学会了人前只说三分话,未可全抛一片心。风行社会的礼仪礼貌,更是把人包裹起来。我就是按着这个框子修炼的,可是到了后来,我天天压抑着自己的真实情感,变成了一张面具。"

我说:"你说的这种苦恼我也深深地体验过。在阐述自己观点的时候,在和别人争辩的时候,当被领导误解的时候,当自己的一番好意被当成驴肝肺的时候,往往就火冒三丈,也顾不得平日克制而出的彬彬有礼了,也记不得保持风范了,一下子义愤填膺,嗓门也大了,脸也红了。"

听我这么一说,穿宝蓝绸衣的女子笑起来说:"原来世上也有同病相怜的人,我一下子心里好过了许多。只是后来您改变了吗?"

我说:"我尝试着改变。情绪是一点一滴积累起来的,我不再认为隐藏自己真实的感受是一项值得夸赞的本领。当然了,成人不能像小孩子那样,把所有的喜怒哀乐都写在脸上,但我们的真实感受是我们到底是一个怎样的人的组成部分。如果我们爱自己,承认自己是有价值的,我们就有勇气接纳自己的真实情感,而不是笼统地把它们隐藏起来。一个小孩子是不懂得掩饰自己的内心的,所以有个褒义词叫作'赤子之心'。人渐渐长大,在社会化的过程中,学会了把一部分情感埋在心中。在成长的同时,也不幸失去了和内心的接触。时间长了,有的人以为凡是表达情感就是软弱,而要把情感隐藏起来,这实在是人的一个悲剧。"

"我们的情感,很多时候是由我们的价值观和本能综合形成的。压抑情感就是压抑了我们心底的呼声。中国古代的人就知道,治水不能'堵',只能疏导。对情绪也是一样,单纯的遮蔽只能让情绪在暗处像野火的灰烬一样,无声地蔓延,在一个意想不到的地方猛地蹿出凶猛的火苗。想通这个道理之后,我开始尊重自己的情绪。如果我发觉自己生气了,我不再单纯地否认自己的怒气,不再认为发怒是一件不体面的事情,也不再竭力用其他的事件分散自己的注意力。因为发自内心的愤怒在未被释放的情况下,是不会像露水一样无声无息地渗透到地下销声匿迹的,它们会潜伏在我们心灵的一角,悄悄地发酵,膨胀着自己的体积,积攒着自己的压力,在某一个瞬间就毫不留情地爆发出来。"

"如果我发觉自己生气了，就会很重视内心的感受，我会问自己，我为什么而生气？找到原因之后，我会认真地对待自己的情绪，找到疏导和释放的最好方法，再不让它们有长大的机会。举个小例子，有一段时间我一听到东北人说话的声音心中就烦，经常和东北人发生摩擦，不单在单位里，就是在公共汽车上或是商场里，也会和东北籍的乘客或是售货员争吵。终于有一天，我决定清扫自己这种恶劣的情绪。我挖开自己记忆的坟墓，抖出往事的尸骸。那还是我在西藏当兵的时候，一个东北人莫名其妙地把我骂了一顿，反驳的话就堵在我的喉咙口，但一想到自己是个小女兵，他是老兵，我该尊重和服从，吵架是很幼稚而不体面的表现，我就硬憋着一言不发。那愤怒累积着，在几十年中变成了不可理喻的仇恨，后来竟到了只要听到东北口音就过敏反感，非要吵闹才可平息心中的阻塞，造成了很多不必要的误会。"

我把我的故事对穿宝蓝绸衣的女子讲完了。

她说："哦，我有了一些启发。外柔内刚的柔只是表象，只是技术，单纯地学习淑女风范，可以解决一时，却不能保证永远。这种皮毛的技巧，弄巧成拙也许会使积聚的情绪无法宣泄，引起某种场合的失控。外柔需要内刚做基础，而内刚不是从天上掉下来的，是靠自我的不断探索。"

我说："你讲得真好，咱们都要继续修炼，当我们内心平和而坚定的时候，再有了一定的表达技巧，就可以外柔内刚了。"

最重的咨询者

我猜你第一眼看到这个题目，一定以为是"最重要的咨询者"。很抱歉，不是最重要，是最重。你可能要大吃一惊，说你们的心理咨询室里还设磅秤吗？每个来咨询的客人，都要量体重吗？

并没有人体秤，我也从来没有问过来访者的体重。只是这位来访者实在太胖了，不用任何器械，我也能断定他在我所接待过的来访者中体重第一。

他穿了一条肥大的牛仔裤，一看就是那种出口转内销的外贸尾单货，专供欧美等国的特大号胖子。上身是一件黄蓝相间的花衬衣，有点苏格兰格子的味道，想来是从国外淘买回来的，亚洲人难得有这样庞大的规格。他名叫武威，正在上大学三年级。

"我好着呢！什么毛病也没有！"武威开门见山地说。他小山似的身体将咨询室的沙发挤得满满当当，腰腹部的赘肉从沙发的扶手镂空处挤出来，好像是脂肪的河流发山洪，外溢了河道。我暗自庆幸当年置办办公家具的时候，选择了不锈钢腿的沙发。若是全木质精雕细刻的，在这样的负荷之下，难免断裂。

我说："既然您觉得自己一切正常，为什么到我这里来呢？"

我问这话，不单单是一个询问策略，实实在在也是自己心中的困惑。当然了，武威的体形令人瞠目结舌，但如果当事人不觉得这是一个问题，心理师也犯不上自告奋勇迫不及待地为人排忧解难。

武威一笑，笑容有一种孩子般的天真。他说："我说我觉得自己正常，但这并不代表着我的家人也觉得我正常。"

我说："这么说，是家里人让你来看心理医生的？"

武威说："可不是嘛！他们说我太胖了，马上就要面临大学毕业找工作，像我这样的体形，会受到歧视。更甭说以后找对象结婚的事了。总之，他们逼着我减肥。我吃过各式各样的减肥药，喝过名目繁多的减肥茶，还尝试过针灸推拿揉肚子……"

我问："什么叫揉肚子？"

武威说："一种新流行起来的减肥方法，就是好几个人在你的肚子上像和面一样揉啊揉的，据说能把腹部的脂肪颗粒粉碎，这样就可以排出体外了。还有一种吸油纸，就像胶布一样贴在你想减肥的部位，大概过上一个小时，就会看到那片纸变透明了，全都是油滴。"

我大吃一惊。以我当过 20 年医生的经验，绝对不相信人体内的脂肪会被一张纸榨出来。

"这是真的吗?"我问。

武威说:"有一次,我把吸油纸贴在冰箱外壳上。一个小时之后,吸油纸也是油光闪闪的。"

我愤然:"怎么能这样骗人!"

武威说:"现在社会上流行以瘦为美,商家就利用人们的这种心理,大发减肥财呗。"

我发现武威虽然看起来动作迟缓,但思维清晰敏捷。

我说:"想必你尝试过种种减肥方法,都没效果。"

武威说:"您说对了一半。就我尝试过的方法,公平地说,除了吸油纸是彻头彻尾的骗术以外,其他的多少都有一些效果。它们之中要么是用了泻药,要么使用了西药抑制人的食欲,每次我都能成功地减肥几十公斤。"

我又一次坠入雾海。若是每一次都减肥成功,那么武威目前就不会成为如此庞然大物了。或者说,他以前简直重如泰山?

看到我百思不得其解的模样,武威说:"是的,每一次都成功,可是,您知道反弹吗?"

我说:"知道。就是体重又恢复到原来的分量了。"

武威说:"岂止是原来的分量,更上一层楼了。我就这样,一次又一次地减肥,然后一次又一次地比原来更肥。"

我觉得武威说完这句话,应该愁眉苦脸,起码也会叹一口气吧?可是,武威依然是安之若素的模样,甚至嘴角还浮现出隐隐的笑意。

我有点怀疑自己的眼神，但是，没错，武威脸上并没有任何沮丧的神气，看来，他说自己没有问题，也不是毫无根据的。但是，面对着这种明显不正常的体重，还要说一切正常，这是不是正是要害所在呢？

我对武威说："我看你对自己的体重，并不觉得有什么不合适的地方。"

武威好像遇到了知音，说："哎呀，您可真说到我的心里了。我并不觉得这不正常。"

我说："武威，你可以有一个选择。你要是觉得自己没有一点问题，你就可以走了。你要是希望自己变得更好，咱们就来探讨一下有关问题。毕竟，你的体重超标了。这是一个事实。"

武威迟疑了一下。看来，他是一个好脾气的胖子，所以，他并不想忤逆父母的意愿，就乖乖地来见心理医生了。不过，他本打算走个过场，然后就照样我行我素。现在，面临选择，他费了思量。过了一会儿，他说："你说这话我愿意听——谁不愿意把自己变得更好呢？我愿意和你讨论一下我的体重问题。"

很好，有显著的进步，武威终于承认自己的体重是一个问题了。

我说："你从小就比较胖吗？"

武威连连摇头说："我小的时候一点都不胖。从 12 岁零

3个月的时候，开始发胖。以后就越发不可控制，差不多每年长20斤。要说一个月长一斤多肉，也不是什么了不起的事，但日积月累，就成了现在的样子。"

这段话初听起来，好像很普通。但我注意到了一个奇怪的数字，12岁零3个月。按说体重增加并不是突然发生的，但武威为什么把日期记得那样清楚呢？

我说："武威，当你12岁零3个月的时候，发生了什么？"

武威低下头说："我不能告诉你。"

我说："为什么？"

武威说："因为一想起那段日子，我太悲伤了。"

我说："武威，将近10年过去了，你还这样痛苦。我猜想，这也许和你的一位挚爱的人离去有关。"

武威抬起头来，我看到他的眼珠被泪水包裹。他说："您说对了。我从小就和外婆在一起，她是个非常慈祥的老太太。我从她那里，得到了温暖和做人的道理。我觉得她这样好的人，是永远不会死的。可是，她得了癌症。很多人得了癌症，也都可以治疗，比如化疗什么的，就算不能挽回生命，坚持个三年五载的也大有人在。可我外婆什么治疗都不能做，从发现患病到去世，只有短短的20天。我痛不欲生，拼命吃饭，从那以后，就踏上了变胖的不归路……"

我的脑海开始快速运转。按说痛不欲生的结果，是令人食欲大减，饭不思茶不饮的，似这般暴饮暴食胡吃海塞搞得体重骤升的，实在罕见。

我说："原谅我问得可能比较细，你吃下那么多东西的时候，想的是什么？"

武威说："我想这就是纪念我外婆的一种方式。"

我又一次糊涂了。祭奠亲人的方式，可能有千千万万种，但用超常的食欲来思念外婆，这里面有着怎样的逻辑？

我说："你外婆一直鼓励你多吃饭吗？"

武威说："没有。外婆是非常清秀的江南女子，直到那么老的年纪，都非常美丽，每餐只吃一点点饭。"

我说："那么，你为什么要用吃饭悼念外婆呢？"

武威陷入了痛苦的回忆。许久，他喃喃地说："也许……是因为……我听到了一句话。"

我说："那是一句怎样的话？"

武威用手支撑着头说："那一天，我到医院去看望外婆。正是中午，大家都休息了。当我路过医生值班室的时候，听到两位值班医生在说话。男医生说，13 床的治疗方案最后确定了没有？女医生说，没有什么治疗方案了，就是保守对症，减轻病人一点痛苦。男医生问，干吗不手术呢？女医生答，年纪太大了，如果手术，很可能就下不了台，比不做还糟糕。男医生又说到，那么化疗呢？资料上说，现在新的药物对这种癌症效果不错的。女医生接着回答，13 床太瘦弱了，化疗方案一上去，人肯定就不行了，还不如这样熬着，活一天算一天……

"13 床，就是我的外婆啊。

"医生们的这段对话，给我留下了非常深刻的印象。我觉得外婆的死，就是因为她太瘦了，瘦到无法接受治疗，如果她胖一点，就能够战胜死神，就能一直陪伴在我身边……"

武威断断续续地讲着，他的眼泪一滴滴洒落在黄绿相间的格子衬衣上，每一滴都像一颗透明的弹球。

我默默地坐着，能够想见至亲的人离去，给当年的小男孩以怎样摧毁般的打击。他以自己的方式表达着痛入心肺的哀伤，表达着对于死神的强大愤怒，表达着对于外婆的无比眷念……难怪他不认为这是不正常的。

在接下来的多次咨询中，我和武威慢慢地讨论着这些。当然，我不能把自己的判断一股脑地告知他，而是在我们的共同探讨中，渐渐向前。

武威后来成功地减下了 50 公斤体重，成了英俊潇洒的靓仔。对外婆的悼念也化成了力量，现在的他各方面都很优秀。

所有的动力都来自内心的沸腾

一个人躺在地上，如果他不想起来，那么十个人也拉不起他来，即使起来了也会马上又躺下。

所有的动力都来自内心的沸腾。如果你做不到一件事，无论是搞好关系还是寻找爱人还是减肥，都是因为你还没有真正想做。

这是一个很有意思的心理小游戏。来，纠集起来十来个人，然后找一个人来扮演那个躺在地上的人。不用找体重特别沉的，那样容易影响咱们这个游戏的真实感。请这位朋友赖在地上，大家用尽全力把他拽起来……

我见过三十个人都拉不起一个人的。我本来在上文中想写这个数字，但又怕大家觉得太夸张了，就写了十来个人。这是千真万确的。只要你不想起来，没有人能把你拉起来。心理上的问题也是一样，只要你没想通，只要你不是真的心服口服，那么外界的所有努力都是劳而无功的。

女子当了妈妈，对待自己的孩子时，要记得这个游戏。他虽然小，也有自己的独立意志，你要把道理给他讲清楚，而且要让他明白这样做的目的是什么。有人会觉得孩子还小，没必要讲那么多。可是，成长是一个逐渐发生的过程，你不能在一颗幼小的心里，种下强权的种子。以理服人而不是以力服人，这是要从小就养成的习惯。

你举目四望，很容易就能发现：很多人的生理和生物上的需求得到了满足，但他们仍然不满意，奔突不止，躁动不宁，缺少一种能使他变得生机勃勃的动力，欠缺稳定祥和。像这样缺少主动性的生活，无论表面上多么风光，都是不值得羡慕的。

那种使自己变得生机勃勃的动力是什么呢？谁来回答你呢？谁来帮你寻找呢？谁为你一锤定音？没有别人，只有你自己。只有当理想的光芒照耀着我们，而且它和广大人群的福祉相连，我们才会有大的安宁和勇气。

你可曾体会到种子的疼痛？那种挣开包锁自己的硬壳，顶出板结的土壤的苦难，对一粒柔弱的芽来说，可说是顶天立地的壮举。一个人觉醒时的力量，应该大于一颗种子啊！

有些人把梦想变为现实，有些人把现实变成了梦想。关键是，你的梦想是什么？你为你的梦想做了什么？

有梦想就不会寂寞，当你寂寞的时候只要招招手，你的梦想就飞到了身边。剩下的事，就是琢磨怎样把梦想变成行动了。

幸福其实是一种内心的笃定

一

我到 40 多岁的时候，才觉得幸福是那么重要。

此前我一直觉得自己不是一个幸福的人。后来我才知道，是我错了。

幸福，不是那么惊天动地的，不是那么大张旗鼓的，不是像我们想象的需要很多的金钱、需要那种万丈光芒的时刻。

只要我们每一个人努力去争取、去奋斗，我们就会享有自己的幸福。

我最早关注到幸福这个问题，其实还是得益于德国的哲学家费尔巴哈。

他说过：人活着的第一要务就是要使自己幸福。

我当时看到这个说法挺惊讶的。

我们会觉得我们有很多的小目标，我们会被这个社会大的舆论所引导，被一些潮流所裹挟。

可是，你一定要清楚：这一生你最重要的事情是让自己幸福。

我刚才说过，我到 40 岁的时候才明白这些事情，源于那时我看到一个小的故事：

西方某个国家在进行的一个调查研究，题目是"谁是世界上最幸福的人"。

因为在报纸上发出了征集答案的征文，成千上万的信函就飞到了报社。

报社组织了一个评选委员会，想看看民众对于幸福、对于谁是最幸福的人有怎样的答案。

最后，按照得票的多少：

第一名是给自己的孩子洗完澡后怀抱婴儿的妈妈；

第二名是给病人治好了病后目送那个病人远去的医生；

第三名是，孩子在海滩上自己筑起一个沙堡，夕阳西下的时候，这个孩子看着自己筑起的沙堡时自得其乐的微笑；

第四名是给自己的作品画上句号的作家。

二

我看到这个答案以后，心里充满了悲凉。

在某种程度上，这四种幸福在那个时候的我身上其实都已经历过。

我有孩子，给他洗过澡，有抱过他的时候；

我原来是医生，也有治好病人目送病人出院的时候；

我可能没有在海滩上筑起过沙堡，但是在我们家附近工地上的沙堆挖过坑，然后看着旁边的人不小心掉进去；

那时候我已经开始写作，所以也给自己作品画上过句号。

我之所以难过，是因为我集这些幸福于一身，可是我未曾感到幸福。

我想，不是世界错了，是我自己错了。

我对于幸福的认识和把握，对它的追求，其实有重大的误区。

就在这种情况下，我写了一篇散文叫《提醒幸福》，后来收入全国统编教材二年级语文里面。

三

四十不惑，中国的古话很有道理。

时候不到真的不行，到了之后突然就明白了。所以我40多岁才明白什么是幸福。

我现在看年轻时候写的日记，怎么能有那么多痛苦，但现在其实已经全忘记了。

我原来觉得幸福是毫无瑕疵的，它应该没有任何阴影，应该那样纯粹和美好。

但我现在要告诉你们：幸福其实是一种内心的稳定。我们没有办法决定外界的所有事情，但是我们可以决定自己内心的状态，或者简单地说，幸福其实是灵魂的成就。

我特别希望，年轻的朋友们从现在开始，就懂得珍惜自己的生命和幸福，能明白所有的困苦都是生命过程中我们必然会遇到的。

20多岁就能明白幸福该多好，你们会减少很多苦闷。

当然，其实无论什么时候认识到幸福对我们如此重要都不晚。只要生命存在，我们就依然可以学习、可以成长。

在我明白了幸福以后，最重要的一个改变是：我觉得人生可以把握了。

在此之前，我能把握的部分很少。

因为心灵内部的那种无助感，那种随波逐流，那种对前程的不确定感，所以常常有一种深层的不安存在着。

我现在越来越安宁了，我知道世上有一些事情我无能为力，这些我就不要去费气力了。

但是有一部分是可以改变的。

我怎么看待自己，怎么看待世界，我把能改变的那部分尽我所能，按照我的意志去加以改变。

把这些事情做好以后，我心里面的稳定感就极大地增强了。

我知道我一定会有灾难，因为世上不可能都是阳光灿烂的日子。

也知道一定会有人性的幽暗之处在四面八方存在着，而当我把它们看得更清楚以后，我反倒对这个世界多了一分理解。

我现在会觉得：这个世界就是如此泥沙俱下，但我依然对它充满希望，依然可以安然面对。

四

我学习心理治疗的时候是接受人本主义的流派，我特别喜欢马斯洛说过的一句话："做人是一件有希望的好事情。"

我觉得人本主义流派有两大重要的出发点：一个是人性本善，另一个是人是可以改变的。

我特别喜欢这两个基本的出发点。

第一个和我们儒家的"人之初性本善"观点天然吻合。

关于第二个，其实任何时候我们都不要把这个世界和自己看得太悲观，我们应该对别人和自己都充满希望。

我喜欢这样的一个流派。

我当心理医生的时候，听过许多苦难、挫折、沮丧、悲哀甚至仇恨的诉说。

这让我感动于人世中相依为命的信任感和生命处于困境仍寻求解脱之法的韧性。

这会让我有一种很坚定的信念，即：

我在这种危机的时刻要和他们在一起，要尽我的力量，以我内心的温暖去帮助他们。

但我仍然知道：每个人的命运是由自己决定的，最后的决定权在他们自己手里。

而我会将自己一生所经历的艰难困苦中收获的经验与之分享，会尽我所能帮助他们走过生命中非常泥泞而混乱的时期。

　　当然，我也会确保自己内心的坚定，而不被那种滚滚的浊流所吞没。

　　我只是助人自助，最终的力量还是要来自对方的内心。

3000 岁的我

我在北师大用 4 年的时间完成了心理学的硕士和博士方向的课程，又和几位同学一起开办了一家心理咨询中心，前后运行了 3 年时光。

因为前来咨询的人太多，我时时感到一种分身无术的苦恼。有的人从春等到秋，还没有轮到他就诊。有一位女子对负责预约的工作人员说：我和我爱人已经决定离婚了，我们都不甘心，最后约定，一定要到毕淑敏心理咨询中心请她看一看，看看我们的婚姻还有没有救。如果她也没办法了，我们就死心塌地地分手吧；如果她还能挽救我们的婚姻，我们会一起做最后的努力。现在，我们已经等了几个月了，从叶子发芽到叶子落下，请问我们还要等多久？什么时候才能轮到？你们的登记顺序能够保证足够的公平吗？……

当工作人员把这样的话转述给我的时候，我表面镇静，其实双肩绷紧背部发烫，从身体到心理，感到了难以言表的压力。

我决定暂且从临床心理医生的岗位上退下，专心致志地写作，写一些有关心理学普及方面的小册子，希望能在这种分享中，和更多的人交流心得。比如那对就要离婚的年轻人，既然他们在分手之前，还愿意拿出长久的时间，来等待一个外人对他们的婚姻再做挽救的工作，我相信在他们的内心深处，对这份姻缘都还保有最后的珍惜。他们可能也很茫然，不知道是如何走到了分手的这一步，缺乏自我疗治的能量。假如我的小册子，在他们的婚姻彻底崩塌之前，未雨绸缪地提示一点点注意事项和方法，是不是也是一种支援？

当我决定这样做的时候，遭遇到了一个不大不小的困境。

我很想把我的课堂笔记整理出来，但我知道不能这样做。同学们签署过一纸协议，大家保证要对班上发生过的所有事情保密，任何时候都不能说出去。

做了若干年的临床心理医生，感谢人们的信任，无数女性在我面前把她们的经历和盘端出，绚烂的情感盛宴与污脏的残碟蛆虫并陈，让我长久地感叹人性的幽深和命运的不可说。这些故事，我绝大部分时间是坐在一张米黄色的沙发上倾听的。夜深人静书写记录的余暇，抚摸着沙发粗糙的皮面和它光滑的腿，犹如触摸一个神圣的魂魄。倘若沙发有知，在浸泡过如此多的人间麻辣酸苦之后，每一寸皮革都已通灵。如果沙发此刻张口说话，为我指点江山吞吐迷津，我一点都不讶然。众多人间女子丰沛的感情和妖娆的智慧，已将一件普通的家具，滋养入了仙班。

有记者曾经问我：在打开过如此多的女人心扉之后，你最大的感受是什么？

答：我已变得太老太老。

记者说：那您到底有多么老呢？老到什么程度了呢？

我估摸了一下，说：大致有 3000 岁了吧。

看到记者脸上露出的惊骇之色，我知道这个数字吓住了他们。想想看，一个活过了 3000 个春秋的老妇人，该是怎样的鹤发鸡皮形同鬼魅啊！

为了安抚记者的恐惧，我赶紧说：你如果觉得 3000 年太可怕了，你就改成 500 年吧。

我觉得自己慷慨大方，一下子就删削掉了六分之五的沧桑年华，记者们总该魂魄归位安之若素了吧？

那天采访的不止一家媒体，经由不同的手书写发表出来，有说毕淑敏自称已经 3000 岁高龄了，也有说毕淑敏说自己 500 岁了。数字差距这样大，很多人以为我已语无伦次。

一个个的女人把她们生命中的喜怒哀乐慷慨地赠我，齐心协力地拓展了我生命的广博和深度，在这个意义上，我必须深切地感谢她们。

3000 岁也好，500 岁也好，都是一种夸张的比拟，约略等于"白发三千丈""雪花大如席"，玩笑话。

心理医生是一个有着严格纪律的行当。为了当事人的利益，只要不危及生命，只要不违背法律，有些事情，我永远不能说。面对媒体的挖掘和探寻，在软硬兼施面前，我始终坚贞不屈守口如瓶，有时都叹服自己活像一个被俘的英勇的地下党员。

思来想去，找到了这个方式。把我的一些感触和思索写出来，由我将她们真真切切地经历过、总结过、哭泣过、沉思过的丝丝缕缕，说出来。

刺玫瑰依然开放

女孩戴着口罩，把眼睛露出口罩的边缘，说："所有的科学知识我都知道了，可我还是害怕。我可以对你说我不害怕，可那是假的，理智不可能解决情感问题。你说我怎么能不害怕？"

她指的是"非典"。2003 年上半年，中国使用频率最高的一个词大概就是"非典"。医学家统计，在罹患"非典"的人群里，青壮年占了百分之七十以上，特别是二三十岁的青年人在总发病率中占了三成比例。从这个意义上说，"非典"具有生机勃勃的杀伤性。

面对"非典"，广大人群表现出恐慌，这在疾病流行早期是可以理解的。什么人的恐慌是最严重的呢？从我接触的人群来看，是年轻人。年幼的孩子，尚不知恐惧和死亡为何物，他们看到大惊慌，自己也跟着慌，但惊慌一阵子也就忘记了，在他们的字典中，恐慌基本上只和考试相连，其余的都不在话下。

中老年人，除了家里有很多牵挂放不下之外，一般还比较从容，也许因为他们年纪较大，已经或多或少地考虑过死亡了。年轻人的大恐慌，主要来自在有限的生命体验中，找不到被一株小小的病毒杀得人仰马翻的经验。

人们对于自己未知的事物，总是充满了震惊和慌张，这是人的正常心理反应，一如我们面对着不可知的黑暗，你不知道在暗中潜伏的是老虎还是蜥蜴。如果我们有了一盏灯，我们的心里就踏实了一点。如果我们在有了灯之后，又有了一根结实的棍子，信心就增长了一些。假如天慢慢地亮起来，太阳出来了，安全感就更雄厚了。

科学家对于"非典"病毒的寻找和描述，就是我们在晦暗中的灯光。现在已经初步看清了这个匍匐在阴影中的魔鬼，知道它的爪子从何处来，利齿从何处噬咬。我们也有了一根粗壮的棍子，那就是严格的消毒和隔离措施。大多数人的恐慌渐渐地散去，一如冬季北方旷野上的薄雾。

我问女孩："'非典'在北京暴发之后，你在哪里？"

她说："我在公司做职员，刚开始隔天上班，现在干脆不用去了。我的同事们很多离开了北京，忍受不了这种恐惧的压榨。听说在北京不容易走，有人就骑着自行车跑到北京周边的地区，然后把自行车一扔，坐上汽车火车，跑回老家去了。可惜我的爷爷奶奶、姥姥姥爷都在北京，无地可去，只能和这座城市共存亡。我非常害怕……"

我握了握她的手，果然，她的手指被冷汗黏结在一起，像冰雹打过的鸟翅簌簌抖动。我说："我没有办法使你不怕，但有一个人能帮助你。"

她迫不及待地问："谁？"

我说："你自己。"

她说："我怎么能帮我自己呢？"

我说："你拿来一张纸，把自己最害怕的事写下来。"

她站起身，拿来一张雪白的大纸，几乎覆盖了半个桌面。然后，一笔一画地写下：

第一个害怕：我还没有升到办公室的主管，就停止了前程。

第二个害怕：我按揭买下的房子，还没有付完全款。

第三个害怕：我刚刚交下的男朋友，还没有深入发展感情。

第四个害怕：我准备给我妈妈送一件茉莉紫色的羊绒衫，还没来得及买。

第五个害怕：我上次和我爸爸吵了一架，还没跟他和好。要是我死了，多遗憾。

第六个害怕：我热爱旅游，很想走遍世界，现在连新马泰和韩国还没去成呢，就要参观地狱了。

第七个害怕：我想减肥，还没有达到预定的斤数。

第八个害怕……当她写到第八个害怕的时候，停了下来。我说："为什么停笔了？"她歪着头从上到下看了半天，说："差不多了，也就是这些了。"

我说："不多嘛，看你拿来那么大的一张纸，我以为你会写下一百条害怕。请检视一下你的种种害怕，看看有哪些可以化解或减弱。"

她仔细地端详着自己刚刚写下的害怕，说道："第七个害怕最不重要了，如果得了病，高烧几天，估计体重就减下来了。"

我说："很好啊，凡事就怕具体化。现在，你已经没有那么多的害怕了，只剩下六条，再来具体分析。"

姑娘看看手上的纸，说："有两条是可以立刻做的，做完了，我就不再害怕。"

我说："哪两件事？"

她说："今天我下班之后，就到商场给我妈妈买一件茉莉紫的羊绒衫，如果这个颜色商场一时无货，我就买一件牵牛花紫的羊绒衫，要是也没有，买成大枣红的也行。第二件事是和爸爸推心置腹地谈谈。我爸是个特好面子的人，所以我先同他讲话，他一定会爱答不理的。要是以前，我才不热脸贴他的冷屁股呢！但经过了'非典'，我会比较能忍耐了。我会对他说，'非典'让我长大了，我是你的朋友，让我们像真正的朋友那样讲话，好吗？"

我说："真喜欢你说'非典'让你长大了这句话。成长不但发生在幸福的时候，更多的是发生在苦难之中。"

她受了鼓励，原本被恐惧刷得灰白的面庞，有了一丝属于年轻人的绯红。她继续看着恐怖清单，低声说："至于刚刚交下的男朋友，好像也不是什么值得害怕的事情，这需要细水长流慢慢了解。就算是没有'非典'，也不一定就能达到海誓山盟男婚女嫁……"

说到这里，她大概突然看到了恐怖清单上的第二条，笑起来说："至于还不上贷款这件事，我要把它开除出去。这不是我该害怕的事，最害怕的该属房地产开发商。这是不可抗力，是地产老板们最爱用于推诿的理由，想不到也可以子之矛攻子之盾，让他们头疼一回。"

开发商的困境引发了女孩的幽默感，她显出些许幸灾乐祸的快乐，旋即细细的眉头又皱了起来，说："恐怖名单上不能去世界旅游这一条，无论如何是去不掉了。"

我说："你要到各地去旅游，为了什么？"

"为了让我快乐。看我没有看过的风景，听我没听过的鸟鸣。"她很快回答道。

我说："这是旅游最好的理由。只是我想问你，你可曾注意到窗外不远处的花坛里，刺玫瑰在悄然开放？"

她一脸茫然地说："刺玫瑰真的开花了吗？"

我用手指敲敲窗子说："你往前面看。"

她把脸压在玻璃上，贪婪地看着窗外，每一朵刺玫瑰都如同换牙的小童，憨态可掬。她惊讶地说："真的，在'非典'肆虐的春天，刺玫瑰居然还在开放。真怪啊，我以前怎么从来没有注意到呢？"

她的目光从睫毛膏的缝隙中向更远处眺望，说："哦，我不但看到刺玫瑰了，还看到国色天香的牡丹和路边卑微的蒲公英，也一样蓬蓬勃勃地开放着……"

她是很聪明的女孩，很快就悟出了，说："我明白了，美丽的风景不一定要到远处寻找，也许就在我们的身边。"

我说："我们先把眼前的风光欣赏完了，再看远处也无妨。"

这位 20 世纪 80 年代出生的女生看看自己的恐怖清单，然后说："好吧，就算没法周游世界，我也不再害怕了。但是，我要是升不到主管就死了，这还是可怕的事。"

我说："你升到主管之后会怎样？"

女孩说："我还要升到部门经理，然后是总经理……"

"然后呢？"我问。

"然后就是旅游了……旅游是为了开心，是为了快乐。对啊，我最终的目的是让自己快乐。那么我如果因为害怕，抢先丧失了快乐，我就太傻了，就是本末倒置，就是一个大笨蛋……"

她自言自语，眼珠飞快地转动着。

那一天的结尾，是这个姑娘把那张恐怖清单撕掉了。20世纪 80 年代出生的年轻人，在此次"非典"流行的过程中，交出了形形色色的答卷。比如我在电视里，就看到二十岁刚出头的女护士，英勇如同身经百战的士兵，穿戴着把人憋得眼冒金星的三重隔离服，给年纪足够当她伯父的病人做治疗和宽慰疏导。

这就是泥沙俱下的生活，这就是新的一代人。报章上有人管他们叫"跑了的一代"。我觉得在他们如此年轻的时候就遭遇到了一场突如其来的严重的灾难，是不幸也是大幸。

　　恐惧可以接纳，却不能长时间地沉溺，逃跑更是懦夫退缩的行径。当你有能力直面灾难，细细将它们剖析，在灾难中看到鲜花依旧在不远处开放，那就有了不再惧怕不会逃跑的气概。

抑郁的源头

　　每个人都是这样密切地与他人相关，所以当彼此的关系断裂时，才显出空旷无助的凄楚。断裂的原因，可能是误解、背叛、欺瞒、争吵、鄙视……死亡当然是最彻底的断裂了。生命是一根链条，其中一环断了怎么办？唯一的方法是把链条再接起来。这是需要花功夫、动脑子的事情。

　　看过一个熟练的布厂女工表演棉条的连接。棉条断了，每一根棉丝都断了，如同一根雪白的冰棒被截断。女工把需要吻合的两根棉条对接，展开，让每一根棉丝都找到连接的位置，然后轻轻地捻动，让它们在旋转中融为一体。接好了，抻拽一番，融合得天衣无缝。

　　这个过程形象地说明了建立新关系的步骤。找到新的位置，然后从容不迫地联结，新的关系就慢慢建立起来了。

　　世界上的事，简言之，都是关系使然。人的全部活动，就是三重无法逃避的关系。

　　第一重，是人和自然的关系。人类是自然之子。没有自然，就没有了人所依附的一切。大自然的伟力，在城市里的人，不大容易体会得到。你到空旷的山野和广袤的沙漠中，你置身于晴朗的夜空之下，你在雪山顶端和海洋中央之时，比较容易找到人类应该待着的位置。

第二重关系，是人和自我的关系。你离不开你自己。只要你活一天，你就和自己密不可分。就算你的肉身寂灭了，你依然和自己的精神痕迹紧紧地贴附在一起，无法分离。

第三重关系，就是人和他人的关系。纵观世界上无数的悲欢离合、潮起潮落，无非就是在这重关系上的跌宕起伏。人是被称为"人群"的，人不是单独的个体，而是人以群分。

这三重关系，无论哪一重发生断裂，都是噩耗。我们是互相联结的，没有哪一部分的震荡，其他部分可以幸免。所以，海明威说，不要问丧钟为谁而鸣，它就为你而鸣。

人永远不要割断自己同他人的联系，不要割断同祖国的联系，不要割断同祖先的联系，不要割断同亲人的联系，不要割断同历史的联系，不要割断同文化的联系……正是这重重联系，像斜拉桥的绳索一样，托举着你成为你。

如果桥梁的绳索断了，谁都知道要在第一时间将它修复。但是，人的关联的绳索断了，一时半会儿好像看不出非常严重的后果。你还是你，可以按时上班，可以听音乐和下饭馆，可以聊天和静思。但是，且慢，时间长了，是一定会出岔子的。很多的抑郁症就是这样悄无声息地发生了。我曾经听过一位美国心理学家讲述治疗抑郁症的新疗法，他很决绝地说，世界上所有的抑郁症，都是在关系上出了问题。

真是这样的吗？

你可以不信，但可以好好想一想。

学会维持自己的快乐

维持喜悦，是一件需要努力的事情，并不是天性使然。

喜悦和悲哀，都是人情感的一部分。沉浸在悲哀中是很正常自然的事，如果不是有意识地走出来，人们会深陷悲哀的沼泽中，很久无法自拔。通常，除了时间以外，我们还需要一个猛醒，一声恫吓，才能从悲伤中振作起来。

喜悦则不是这样，它会像沙漏一样，在不知不觉中渗走，只留下一个回忆的空壳，令人惆怅。要学会维持你的快乐，这就是不断地感恩，不断地将脸朝向有光亮的地方。时间长了，你自然学会了和喜悦相处的诀窍。

希望你一站出来，就让人能从你身上看到生命的光彩。生命是有光彩的，如果说一朵山野中的小花都有盈手的清香，一段腐木都会污浊不散，那么，我们的生活也可以弥散出味道。

期望着你能让你的生命像暗夜中的米兰和雪中的梅，人们还没有走近，就会被熏染，就会深深地吸一口气，不由自主感叹这飞来的一段美妙。

只有自己才能化解生命故事中那么多的伤痛和矛盾，让自己日趋圆满。记住，你永远是你的主人。

宇宙不公平吗？不啊。宇宙只是漠不关心。自己的事儿，要自己做。这是幼儿园就教会我们的道理。

人们之所以看到很多人在讴歌艰难，是因为那多是成功了的人在自言自语。不要喜爱艰难，不要人为地制造艰难。其实，艰难是把大部分人的才华都磨损了，把大部分人的意志都侵蚀了，把大部分人的幸福都耽搁了。我相信，在肥沃的土地上，充满阳光的空气中，才能生长出更多丰硕饱满的庄稼。

那么，快乐有什么用呢？

快乐的用处就是——它能使你认识到自己的价值，感受到他人认可了你的成就，你对这个世界是有用的。还有一个附带的可贵用处，就是能让你健康。

画一朵自我曼陀罗

格陵兰岛的"冰山理论"

某天，我穿着一件绿色的丝绵棉衣，倚靠在栏杆上，正在数着周围有多少座冰山。船上专职的摄影师走过来，说要为我照张相片。

我说："我是一位老人家了，照出相片来不好看，还是去找年轻人吧。"

他笑笑说："您的衣服很好看。"

我穿着一件旧棉袄，有个扣子都掉了，实在说不上美观。临上船之前，旅行社提醒我们，因为要进入北冰洋水域，所以纵然是夏季，也要准备冬衣。

带什么衣服出这趟远门，还真让我费了斟酌。因为只能带20公斤行李，我还要带书籍，只能压缩衣物。想到回国的时候，总会有一些在世界各国买的小特产会压分量，就打算带些旧衣服，这样回家的时候，可以把它们丢弃。这个打算不能说不对，但当我在国外把患难与共的衣物扔在异国的垃圾桶里时，觉得自己简直是过河拆桥、薄情寡义的小人。

这些衣物陪着我走过五洲四洋，为我遮风挡雨，当我不需要它们的时候，为了把箱子腾出来装入在各国买下的新奇玩意，断然抛弃它们，这岂不是始乱终弃吗？

因为棉衣体积大，分量重，回程时被扔掉的命运，早已注定。在此谋划之下，我在家中所有棉衣里挑了最残破的一件——早年间的蝈蝈绿丝绵外套。不想它在这蓝色的海水和雪白的冰川背景上，竟是格外鲜艳。

摄影师坚持。我不好拂他意，只好穿着这件掉了扣子的旧棉衣，迎着冰冷的海风，站在船舷。

摄影师说："好，就以这座冰山为背景吧。你就做出眺望的样子就行了。不必特意摆姿势。"

和平号在全速航行着，冰山很快地在不远处移动着。摄影师拍完照片，告诉我说他已经绕着地球转过十几圈了。在和平号，有一些绕地球转圈成瘾的人，我刚开始见到时很吃惊，现在已是见怪不怪了。

我说："你绕地球转了这么多圈，最喜欢哪里的风光呢？"他说："最喜欢眼前的风景。"

我以为是一句玩笑话，就说："明天船行到了不同国度，你又该说那里是你最喜欢的地方了。"

他却急了，说："并不是这样的。我最喜欢的只有一种景色，就是冰川林立。明天我们渐渐向南，就看不到这么多的冰山了。"

我大略数了数，周围有 20 多座冰山。我问："你为什么这么喜欢冰山呢?"

摄影师把目光移向那座充当背景，正在渐渐远去的冰山，充满温情。

摄影师说："我喜欢它们的纯洁。在世界上别的地方，你看不到这么纯洁的冰雪了。我还喜欢它们的古老，每一块冰，都有上万年的历史。我还喜欢它们的美丽，你看，在日光下，它们发出碧绿或是湛蓝的光芒……太神奇了。试想一下，在这个世界上，能够把美丽、古老、纯洁集合在一起的东西，能有多少呢?你可能会说，那还有钻石嘛!我承认，钻石的确是把美丽、古老和纯洁都集于一身了，可是，钻石是多么小啊!小得以克为单位都还不行，要以克拉为单位，5克拉才等于1克。克拉下面还有'分'，1克拉等于100分……这是多么微小的分量啊。你看这冰山，你觉得它有多高呢?"摄影师指着渐渐变得像一小块玻璃一样，漂浮在北冰洋上的冰山说。

我回忆了一下刚才距离冰山最近时的感觉，说："大概有三四层楼高吧?"

摄影师在说这些话的时候，一直斜挎着他的照相机。镜头很大很重，他调整了一下身姿，说："在苍茫大海上，因为没有相应的参照系，人们通常都会对海面上的物体体积估计不足。刚才那座冰山，如果我们走到近前，就会看到，它足有十层楼那么高。"

我说："真的吗?大得骇人听闻啊。"

摄影师说："这不算什么。你要知道,浮在海面上的冰山,只是整个冰山的1/9。也就是说,在海面之下,还有八倍的体积藏在那里。"

我从理论上知道冰山潜伏在水底的部分十分庞大,但那毕竟是理性的印象,现在经摄影师现身说法,着实吓了一跳。

曼陀罗的心理疗效

我们潜意识的体积,正是"冰山理论"的绝妙写照。你要了解你的潜意识,和你的潜意识对话,有一个方法。这就是拿起笔来,绘制你独特的心灵曼陀罗。

为什么要画曼陀罗?原来,通过这种随心所欲的涂鸦,让你的无意识如同岩浆一样,从地缝(也就是我们意识把守着的土地裂隙之处)喷涌而出,来一个自发自在的"表达"。荣格从自己的亲身体验中得出了这样的结论——我们每一个人的内心都是分裂的,以至于我们需要用"曼陀罗"把它整合起来。而这一神圣的"魔圈"——透过精密的图腾、坛场能量、几何中的结构奥秘,以及色彩的力量,可以联结我们内在的心智,创造出强有力的平衡。

通过曼陀罗绘画,我们可以静心,可以释放不良情绪。在你聚精会神和自己的内心交流的时候,你就踏踏实实地活在了当下。你会感到内在能量的整合和激发,你可以学会运用这些早就埋藏在你内心的宝藏。让你的生命焕发出光彩。

"我所画的曼陀罗，是关于自体状况的一些密码，这种密码每天呈现在我的脑海中时都是崭新的，在这些密码里，我看到自体，也就是我的整个存在。"荣格这样说过。

荣格证实在绘画"曼陀罗"的过程中，会同步地造成内心的转化。这是一个奇妙的过程，其中的道理，也许我们现在还未能完全知晓。心理学是一门非常年轻的学问，但却无比重要。要给心理学更从容的发展时间，其中也包括这些我们已确知有效，但却不能完全解释清楚原理的方法。

绘制自我的曼陀罗，也有治疗作用。荣格说："保护性的圆圈——曼陀罗，是对头脑混乱状态的一剂传统的解药。""曼陀罗……往往在迷惑和失调情形下出现。原型因而成星座状，以一种秩序的模式呈现出来（该模式像一种刻成四份的十字架或圆圈心理学，称为'反光镜'），和混乱的精神状态重叠，使每种东西各自归位，精神的混沌便被有保护作用的圆圈钳制住了……"

在这个层面上说，"曼陀罗"不仅仅是一种表达方式，它也像澳大利亚原住民的武器"飞去来"一样，会反转回来给绘画者以强大的影响，产生某种反作用力。不过，荣格也清醒地认识到，并没有彻底消灭痛苦的可能性。他说："人们必须面对痛苦的问题，东方人试图通过摒弃痛苦来摆脱痛苦，西方人则试图以药物来抑制痛苦。是的，痛苦必须被克服，而克服它的唯一方法就是忍受它。"这就是说，当一个人能够理解他的痛苦，是因为什么而引起的，当他理解这些苦难的意义以后，他能够忍受苦难的幅度之大令人瞠目结舌……

当看到这种表述的时候，我想起了无数的革命先烈。当他们身陷囹圄，遭受严刑拷打，坚决不吐露机密，不做叛徒的时候，他们有着怎样的心理历程？当江姐的指甲都被揳入竹签子时，是什么激励她忍受这种非人的折磨？只有一个解释，就是勇士们充分明了这种苦难的意义：就是以一己的痛苦，换来普天下的幸福。荣格接着说："心理治疗的主要目的，并不是使病人进入一种不可能的幸福状态，而是帮助他树立一种面对苦难的、哲学式的耐心和坚定。"

荣格从生理学上的进化出发，认为正如人类的身体有其历史一样，人类的心灵也有其历史。他说："我们的心理有一条拖在后面的长长的蜥蜴尾巴，这条尾巴就是家庭、民族、欧洲以及整个世界的全部历史。"自远古以来无数次重复的祖先经验，积淀在人类心理的深层，这就是不依赖于个人经验的"集体潜意识"。

荣格曾经学习汉字，把汉字当作一种可以触摸的可读的原型。他喜欢在石头上雕刻，甚至在纪念妻子爱玛的石头上也用汉字刻着：她是我房屋的基石。而他所刻的最后一块石头上面有一个中国老人的头像，两边是银杏树的叶子，还有汉字刻成的"天人合一"。据说荣格去世前所读的最后一本书，也是关于中国禅宗的书。

绘制内心的曼陀罗

现在，绘制自己内心的曼陀罗，已经成为人们探讨自己内心世界的一个好方法。既然荣格就是在这个过程中，大悟大彻，那么，咱们也不妨尝试一下这个过程。

这个过程通常可分为两个部分。咱们先从第一部分说起。

既然是绘制曼陀罗，第一步，当然是要选定好绘画的材料。大家千万不要以为这要像正式拜师学画一样，十分隆重。完全不是这样的，你尽可以随自己内心的想法，任意在纸张、泥土、石头、木材、布等东西上，使用任何一种你喜欢并顺手的材料，来绘制属于自己的曼陀罗。地方和材料的大小也完全不拘一格。我听到过一位朋友的做法，她用一把米，在地板上撒制了自己的曼陀罗。

第二步，当然是要选一个理想的环境。

不需要多么豪华，也不需要多么一尘不染，甚至也不必考虑光线，不必顾虑是白天还是晚上抑或深夜。只有一个要求，就是要保持安静，选择一个使你至少有一个小时不会被打扰的地方。这个地方，要能让你平静、专注且舒适地完成自己的作品。

第三步，我们就进入到关键的步骤了。你静下心来，聆听内心的声音，一挥而就地开始作画。唯一的要求是不要停下来，不停地画下去，直到你觉得心中的所思所想都倾倒在你的"画布"上，你觉得"完成了"，这才停下笔来。

注意啊，在这个过程中，不要去花心思考虑该选什么颜色、画什么图案等技术性的细节。这些是完全不重要的，请你凭着内心顽强的直觉开始画圆，并在圆内开始着色及画图。

当这些都完成以后，你将进入第四步——定出你的曼陀罗的适当位置。

认真端详你画好的曼陀罗，从各个角度全神贯注地注视这幅图，重新定位出你心中觉得最恰当的方向，并标示出上面的位置。

第五步比较简单了，就是注明你创作这幅曼陀罗的日期。

第六步，比较弹性，可以有，也可以没有，悉听尊便。就是如果你在画完第一幅曼陀罗之后还意犹未尽的话，你可以不停地画第二个、第三个……直到你的内心得到完全的满足。

解读你的曼陀罗

好了，现在第一部分的任务就完成了，我们进入到第二部分。这第二部分的主要任务是——解读你的曼陀罗。

另外找一个本子。注意啊，不要随随便便用几张纸来充当记录的载体，要选一个可以长期保存的本子。在这个记事本中，第一步骤，是先为你的曼陀罗命名。你可以起个简明扼要的名字，例如"混乱"，也可以起个更富于诗意的名字，例如"百花盛开"。总之，这是你自我展现的机会，不要考虑你起的名字美不美或者是否贴切。总之把你的第一直觉的命名写上就是了。

第二步，请逐一列出你的曼陀罗中使用的颜色，然后写下对各色彩的联想。这些联想包括：由主色开始到最细致的颜色，须特别注明你所画的圆的颜色。

展开你的想象，从你所使用的色彩中，自由地联想有关的词汇、感觉、影像、记忆……比如你用了红色，你联想到血液、火焰、切开的西瓜、疼痛的感觉，还有小的时候，看到一地被风雨摧残打下来的花瓣……

第三步，是列出你的曼陀罗内的数字和图形。你一共画了几层？都是些什么图形？

第四步，就是按照你这幅曼陀罗的名字和所衍生出的联想，用几句话表达这幅曼陀罗的主题，并尽可能详尽地记录在记事本中。

现在，你的曼陀罗基本就完成了。

你可能要说，它能起到什么作用呢？一般来讲，经过上述种种步骤，通过自我情感和想象力交织作用而泼墨画出的曼陀罗图案，再经过大脑有意识地整理和思考，像进行的那些命名、联想和表述及记录，你就对自己的潜意识进行了一番探索和解读。持之以恒地坚持，你就可以比较明白潜意识中所隐含的复杂记忆和信息，对自己有了比较清楚的了解和把握。

历史上，只有极少数的灵魂拥有宁静的心灵，并能洞悉自己的黑暗。我们尊称这些人为先知和圣者。其实，通过一定的探索和修炼，这种境地也不是我们普通人完全不可能抵达的彼岸，起码是可以部分地抵达吧。绘画自己的曼陀罗，是一个很好的方法，不妨一试。

把很深的想法，用很浅的话语说出来

有一个秘密：当你开始接受一个新的观点的时候，你以为自己已经忘记了你以前习得的其他不同的说法，但那是不现实的。

不经过艰苦的放弃，以前的观念不会轻易退出，因为它们已经深入到你的脑子里了。

把很深的想法，用很浅的语言说出来，这是有能耐的表现。

让人轻松的东西，比较容易进入他人的思维系统。如果太复杂、太一本正经了，很可能从一开始就发生抗拒和逃避。再好的理念，也会被隔绝。一个好的框架，只有进入了对方的大脑沟回，驻扎在那里，潜移默化地变成行动，才算真正有效。

自我意识是人一辈子的功课，在这个过程中，充满了挑战、选择、挣扎和改变。在这个时间段中，我们将尝试我们可能达到的高度和广度，铺排我们的生命状态可以怎样绚烂多姿。

当然，你也可以选择退缩和一事无成，那样的话，你就和一个丰富的生命无缘。当你离开这个世界的时候，你会遗憾自己有那么多的想法未曾实施，大幕就已悄然闭合。

界限的定律

　　记得当年学医时，一天，药理教授讲起某种新抗菌药的机理，说它的作用是使细菌壁的代谢发生障碍，细菌因此凋亡。细菌壁消失了，想想，多吓人的事情。好似兽皮没了，骨和肉融成一锅粥，破破烂烂、黏黏糊糊，自身已不保，当然谈不到再妨害他人。可见，外壳，也就是界限，是非常重要的。如果丧失了界限，那么，这种生物的生存和发展也就处于极大的危机中了。

　　教授讲的是低等生物，高等生物又何尝不是如此？界限这种东西，是古老和神奇的。动物会用气味笼罩自己的势力范围，没有现成的界桩，就会用自己的尿标出领地。界限也是富有权威和统治力的。国与国之间如果界限不清，就孕育着战争。人与人之间如果界限不清，就潜藏着冲突。账目不清，是会计的犯罪；扯皮推诿，是官员的渎职。清晰的界限，象征着健康和尊严。什么叫一个新生命的诞生？就是从融合中分离，在混沌中撕裂出了一个完全独立的个体，建起崭新的界限体系。人与人的界限如果消失了，那么人的特立独行和思索也同时丧失，随之而来的是精神的麻木和思维的蒙昧。

外壳之外，是彼此间的距离。在欧美的礼仪书里，特别注明人与人之间的最低社交安全距离是 17 英寸。这个标准，也要入境随俗。比如咱的公交汽车，正值上下班高峰，小伙的前心贴着姑娘的后背，别说 17 英寸，就连 1.7 英寸也保证不了。只有见怪不惊，理解万岁。可见界限这个东西，是有弹性的。

身体需要界限，心理何尝不是如此，特别是夫妻。无论何时，都不可消融了自我的界限。无论怎样情投意合，终是不同的个体，不可能完全一致。如果真是完全一致了，天天和一个镜子里的自我如影随形，岂不烦死！

界限有一个奇怪的定律——拉近的时候很容易，分开的时候很艰难。倘若你能灵活地把握一个度，在这个区域里，旗帜飞扬、如鱼得水，那么，你和对方都是惬意和自由的。假如你轻率地采取不断缩小距离的做法，那么用不了多久，双方就会不可扼制地融为一体。之后，在短暂的极度的快意之后，无所不在的矛盾一定披着黑袍子，敲响门窗紧闭的爱情小屋。界限复活了，如同蔓草在各个角落疯长，分裂的纹路穿插迂回，顽强地伸直自己的触角。球队结束了休息，下半场比赛的口哨重新吹响。物极必反说的就是这个道理，不管你记不记得它，它可忘不了你。界限一旦残破了，恰似古代的丝裙，修补起来格外困难，需极细的丝线，极好的耐心，极长的时间。

人是感伤和怀旧的动物。人们较能接受迅速拉近的距离，却无法忍耐在一度天衣无缝的密结之后，渐行渐远。通常会痛楚狭隘地把这种分离，理解为爱恋的稀薄和情感的危机。所以，当你忘情地飞速消弭彼此界限的时候，已把易燃易爆的危险品，裹挟进了情感列车。

为你的心理定一个安全的界限吧，也许是 1.7 寸，也许是 2.7 尺，人和人不一样，不必攀比。在这个界限里，睡着你的秘密，醒着你的自由。它的篱笆结实而疏朗，有清风徐徐穿过。在修筑你的界限的同时，也深刻地尊重你的伴侣的界限。两座花坛在太阳下开放着不同的花朵，花香在空气中汇为宽带。不要把土壤连在一起，不要一时兴起拔出你的界桩。甚至不要尝试，每一次尝试都会付出代价。不要以为零距离才是极致，它更像一个开放罂粟的井口。如果你一时把持不住自己，想想药理教授的话吧。我猜你一定不愿你的婚姻成为一摊溶化的细菌。

请听凭内心

．

根据心理学的原则，人的行为动机无限多样，具有不可猜测性。所以，你不必时时处处知道别人怎样想，你只要很清楚地知道自己是怎样想的，就相当不错了。

也许你要说，知己知彼，百战百胜嘛！这句古话固然不错，但那充其量只是一个充满了浪漫主义的想象。有谁能在一生中百战百胜？既然不可能，那么也只有听凭内心。况且人生也不是战场，有什么必要在和别人交往中百战百胜呢？那是战争哲学，不是快乐的处世之道。

我们不能随随便便改变生命中最基本的事物。我们不能改变友爱，这是我们从远古到今天不至于灭亡的法宝之一。我们不能不歌颂勇敢，因为那是祖先的光荣，我们不是懦弱者的后代，不是，永远不是。我们必须珍视凌越一己生命之上的某些东西，因为正是它们，将我们和动物区分开来。我们只有爱好光明，不然我们会成为黑暗中的蛆虫……就这么简单。如果你想撼动某些法则，只有你自己的灭失作为结局，而人类依然向前。

请消除对于生存之艰苦的怯懦。

我们有理由怕苦，怕太热，怕太冷，怕风沙……总而言之，怕那些令我们不舒适的东西。

不过，所有的新发现中，都会有一些不熟悉的因子存在着，都会有风险和失败等着我们。消除这些恐惧的最简单的方式，就是不畏惧生存之艰苦。当我们的身体能够适应苦难的时候，我们的意志也往往会跟随。

身体不是一匹哑马

人们对于自己的身体常常是麻木不仁的。只有当生病时，才知觉到它的存在。你见过朝阳的升起，可你觉察过自己身体升起的潮汐吗？

怠慢自己的身体，是现代人的通病。身体真是好脾气，倘有一分气力，就苟延残喘地担当着，实在担当不了，才轰然倒下，并无怨言，人们给这情形起了一个名字，叫作"积劳成疾"。

可是，不能欺负老实人啊！身体是我们最好的朋友，你不能把身体当成一匹哑马，无尽地驱使它做力所不及的苦役。你要学会和自己的马儿喃喃细语。你会听到这匹老马有多少真知灼见，引导你生命的苦旅。

我们要学会轻松省力地使用身体，快捷向前。轻松省力地使用身体的诀窍就是将身心统一，让身体和思想在同一个水平线上。

当我们高兴的时候，身体就微笑。当我们沮丧的时候，身体有权利哀伤。

最要不得的就是，明明你不喜欢这个人，却让身体奴颜婢膝强颜欢笑。明明你喜欢这个人，却让身体冷若冰霜拒之千里。这不单是做人辛苦，而且让身体早生华发未老先衰。

　　善待你的躯体吧，它是你在漫漫征途中仅有的依靠。如果连它都背叛了你，你真要好好检讨自己的人生。要记住，身体是我们可以移动的世界。

诺言不是锁链

你可以改变以前的承诺，不必永远被它束缚。

这一条太重要了。咱们中国人，重视一诺千金。结果呢，世上的人就分成了两大阵营，一种是"一诺千金"的，一种是"一诺鸡毛"的。这一诺千金固然是好品质，但世事多变，如果你的思维有所前进和变化，其实也不必拘泥于很久之前的"诺"，那样就太刻板了。有些人，因为太重视"一诺"这根金锁链，畏惧改变，叫它压弯了脖子，其实得不偿失。

你有权利尽情地表达你的感受。感受改变了，经过理智的甄选斟酌，你可以据此改变决定，包括诺言。

很多人不敢说出自己的感受，问其原因，大多会腼腆地说，因为怕别人不喜欢自己。有人若是因为你的真实感受不喜欢你，那你也只有退避三舍敬而远之了。

不过很多时候，人们搞不清发表评论和表达自身感受之间的区别。其实，直截了当地说出自己的感受，通常是无害的。你不是在评论他人，只是客观地描述自己内心的活动，应该无罪。如果你连这一点主权都捍卫不了，那处境就有点可悲了。

不想见某些人，不想参加某些会议，不想陪某些人吃饭，可以不去。不接受采访，不为某些人庆祝生日，不为某些人的去世发表感言，并不因此而内疚。

不对别人的情绪负责任，只对自己的情绪负责任。别人要怎么想，那是他们的自由和选择，和你无干。即使是由你引起的，他们也可以选择不同的情绪，你绝不是矛盾的主要方面。

不必每件事都寻找答案。世界上好多事情是没有答案的。或者说，今天答案是这样的，明天又可能变成那样，都算正常范围内可能出现的局面。

不必每件事都判断对错。对错这东西是有的，只是不一定每一桩你都来出面判断啊。

不上网、不会用银行卡、打不开保险箱、不开博客、不会发手机短信、不明白金融危机、不晓得今年的流行色和某个台风的名字……这都不丢脸。要知道李白杜甫那会儿，这些东西都是没有的，他们依然伟大。

可以没有充分理由就做出一个决定，只听凭直觉。但你要对这些决定负责。

一旦能更好地认识自己，我们就能停止那种扮演不必要的角色的行为。

烦恼世界的好礼物

　　如果你病了，请在第一时间到医院去。不要坚持，以为这是对身体的锻炼。但是你可以想一想，自己为什么会生病？所有的疾病都是有原因的，答案只有你自己晓得。知道了答案，你不要告诉别人，因为这是你的秘密。如果你需要不断地把自己的病痛公布于众，那不是显要人物，就是以病为美。

　　我很喜欢的一本书，叫作《生命的重建》。这是美国一位名叫露易丝·海的女心理学家所写，据说全球销量达到了2000万册。这还是2002年的数据，到现在很可能更高了。我喜欢这本书到什么程度呢？给你说个真实的笑话。

　　有张报纸，上面有个不定期的栏目，叫作《名家荐书》，就是请一些人说说自己最近都读了哪些好书，和读者分享。其实呢，就是写一篇读后感，你要说出这本书好在哪里，为什么要推荐给大家。有点像你在哪个小饭馆或是大饭店吃了一道好菜，告知亲朋们：大家都来尝尝啊。我对报纸上这一类的小专栏都挺注意的，因为现在贿买的书评太多，凡是长篇大论说某书如何如何好的，反倒让我疑心这作者是收了出版社的钱财，替人抬轿子吹喇叭，不足为信。倒是这类比豆腐干大不了多少的文章，出版社看不上眼，有可能是肺腑之言。因为常常看这种文章，轮到编辑邀我荐书，自己也很荣幸，赶紧为自己觉得好的书写上三言两语，以报还编辑的信任和同我一样喜欢这栏目的读者。编辑还说，如果您特别忙，抽不出时间来写这篇文章，就把您的想法告诉我，我来写好了。那一段，我真是特别忙，就在电话里，把自己对这本书的好感说了一番，后来由编辑整理后发在报纸上。因为我没有该报纸，编辑可能给我寄了，我又没收到，总之印象淡漠。过了一年多，该编辑又向我约这个栏目的稿，我觉得总是劳驾人家代笔恐不相宜，就自己动手写了一篇书评，以电子邮件的形式发给她。过了几天，该编辑回复我说，看来毕老师真的是很忙，您去年就已经向我推荐过这本书了。

我是老大不好意思，觉得对编辑不够尊重，但心底实在是喜爱这本书，我就把这篇从未发表过的书评附在下面。

露易丝·海是美国最负盛名的心理治疗专家，她揭示了疾病背后隐藏的心理模式，认为每个人都有能力采取积极的思维方式，实现身体、心理的整体健康。

也许有人会以为露易丝·海一定是个得天独厚、超级健康的人，要不然她何德何能有资格来写这样一本教诲众生、引渡痛苦的书呢？要知道，这本书自 1984 年出版以后，截至 2002 年，英文版已经印刷了 71 次，销量达到了 2000

万册。

其实，她是一个不幸的女人，红颜薄命、饱经沧桑。她的童年风雨飘摇、穷困潦倒，自幼父母离异，5岁的时候就遭受了强暴，少年时代一直受着凌辱与虐待。后来她逃到纽约，历经坎坷成为一位服装模特，嫁了人。14年后，她被丈夫抛弃，后来又被确诊患了癌症……但是露易丝·海没有被命运之蹄踏成齑粉，而是用残破的碎片重构起了自己的思维大厦，提出了"整体健康"的观念。在她的这本书里，流淌着温暖的智慧，传授着行之有效的方略。

特别值得一提的是，在书中有一个问题列表，列出了你现在有的疾病和以后可能有的疾病的名称，并且探讨了这些疾病的内在成因。

心理不适可以导致生理上的疾病，比如你工作压力太大感觉疲惫不堪，老板让你加班你不得不加，这时候你就很可能患上感冒。你名正言顺地赖在床上得以休养，感冒就成了你的朋友，荣登了心身疾病的谱系。露易丝把各类疾病排起队来，明晰地列成表格让人按图索骥，实在是聪明而且大胆。我不敢说这些起承转合的规律一定千真万确，但起码很大部分是非常实用的。

比如"疼痛"，可能是因为渴望得到爱，渴望被拥有而不能被满足。比如导致"贫血"的心理原因可能是态度消极，缺少快乐，并且害怕生活。再比如"脓肿"，是由于对你不愿意丢弃的信念，感到了愤怒。还有"背部不适"，是因为感到生活难以支持……

　　这个表一共占了 44 页，每一次我读到它们的时候，都充满好奇并心怀敬畏。我们的身体里面居住着我们的心理，它们水乳交融、互通有无，在暗地里主宰着我们的生涯，而我们却常常一无所知。露易丝的书不一定放之四海而皆准，起码提供了一份详尽的情报，让我们从此在心身疾病面前不再盲目和茫然，继而重整河山，再造健康。

让女人丑陋的最根本原因

对一个女性最有害的东西，就是怨恨和内疚。前者让我们把恶毒的能量对准他人；后者则是掉转枪口，把这种负面的情绪对准了自身。

你可以愤怒，然后采取行动；你也可以懊悔，然后改善自我。但是请你放弃怨恨和内疚，它们除了让女性丑陋以外，就是带来疾病。

我有一个面目清秀的女友，多年没见，再相见时，吓了我一跳。一时间张口结舌，不知说什么好。她倒很平静，说，我变老了，是吧？我嗫嚅着说，我也老了，咱们都老了，岁月不饶人嘛！她苦笑了一下说，我不仅是变老了，更重要的是变丑了。对吧？

在这样犀利洞见的女子面前，你无法掩饰。我说，好像也不是丑，只是你和原来不一样了，好像换了一个人似的，整个面目都不同了。

她说，你不知道我的婚姻很不幸吗？

我说，知道一点。

她说，我告诉你一件事，一个不幸福的女人是挂相的。我们常常说，某女人一脸苦相。其实，你到小姑娘那里看看，并没有多少女孩子是这种相貌的。女子年轻的时候，基本上都是天真烂漫的。但是你去看中年妇女，就能分出幸福和不幸福两大阵营。

我说，生活是可以雕塑一个人的相貌的，这我知道。但是，好像也没有你说的这样绝对吧？

她坚持道，是这样的，不信你以后多留意。到了老年妇女那里，差异就更大了。基本上就分为两类：一种是慈祥的，一种是狞恶的。我就是属于狞恶的那一种。

我不知如何接下茬，避重就轻地说，不过，我们在照片上看到的老年人，都是慈祥的。

她说，对啊。那些不慈祥的，根本活不了太久。比如我，很可能早早就告别人世。

话说到这份儿上，我只好不再躲避。我说，那么你怎样看待自己的相貌变化？

她说，我之所以同你讲得这样肯定，就是从我自己身上得出的结论。因为我的婚姻不幸福，我又没有法子离婚，所以一直在怨恨和后悔中生活、煎熬着。对着镜子，我一天天地发现自己变得尖刻和狞厉起来。当然，这不是一天发生的，别人看不出来，但我自己能够看出来。我用从自己身上得到的经验去看别人，竟是百分之百的准确……

我看着她，说不出话来。在这样透彻冷静的智慧面前，你只能沉默。

每当我想起她来，心中都漾过竹签扎进甲床般的痛。她所具有的智慧，是一种波光诡谲、入木三分的聪明，犹如冰河中的一缕红绳，鲜艳地冻结在那里，却无法捆绑住任何东西。

我愿意把她的心得转述在这里。女人会不会因为心理不健康而变丑，我不敢打包票。因为心理不健康而导致身体上的病患，却是千真万确的。

为了不得病，为了不变丑，人们只有更多地让爱意充满心扉。

铭刻的高原青春

心理库容

　　勇气的精髓就是稳定地活着，没有丝毫的自欺，执掌着非常强大的安全感，对宇宙有一种敬畏和信赖。如果心中没有希望，那么哪里都不是理想的抛锚地。

　　有时候，真的会遇上一些非常倒霉的人，叫你简直都不知道跟他说什么好。所有的语言好像都是多余的，真不知道命运为什么如此苛待于他。然而仍然不能放弃希望。放弃了，就真的一无所有了。只要生命还在，希望就能萌生。

　　许多人为自己没能得到最后的成功而痛楚，其实，不妨先分析一下失败的原因。唯有当你没有全力以赴，你的失败才令人寝食不安。如若你已经全力以赴，你的失败即使不是成功的前奏，你纵然永远也得不到成功，你仍然不必痛苦。就算死后万事皆空，我们活过一生的这个事实，已构成了宇宙的一部分。

　　人的心理就像水库。库容太小了，就应对不了强大的情感水流。也许会冲毁堤坝，暴发山洪。之后的重建，要花费很多心理能量。如果你有一个庞大的内心储备，就可以在突发事件面前从容淡定，吞下千沟万壑的泥沙，依然水平如镜。

生活中最绵弱难解的部分就是情感，生命中最华彩的篇章也是情感。我听过无数愁男怨女谈情感故事，真是峰回路转、万千气象。当事人没有不迷惑的，没有不肝肠寸断的，没有不涕泪滂沱的，没有不咬牙切齿的……闹得我这个听故事的人，若不是有把子年纪，且已生儿育女，简直就要生出遁入空门的佛心了。

然而，这就是生命中最华彩的篇章，祸福相倚。

生命中的粗纤维

痛苦和磨难，是人生不可分割的一部分。

生命没有了苦难，那么它也就失去了框架。很多自杀的人，就是因为没有理会这种意义，一厢情愿地认为，生命是应该只有甘甜没有挫败的，特别是在恋爱早期，那种汹涌的荷尔蒙带来的欢愉，让人把激情当成了常态。

生命的常态，其实就是平稳和深邃，还有暗流。在最深刻的层面，我们不单与别人是分离的，与世界也是分离的，兀自踽踽前行。

每个人的生命中必定下雨，就像坏天气也是大自然的一部分。某些日子势必黑暗又荒凉，就像你不可能总是吃细粮，那样你就会得大肠癌，你一定要吃粗纤维。坏天气、悲剧、死亡、生病，都是生命中的粗纤维。我们只有安然接纳。

真有些非常倒霉的人，叫你简直都不知道跟他说什么好。所有的语言都是多余的，真不知道命运为什么如此苛待于他。然而仍然不能放弃希望。放弃了，就真的一无所有了。这时，我们需要的便是勇气，便是稳定地活着，没有丝毫的自欺，执掌着非常强大的安全感，对宇宙有一种敬畏和信赖。心中没有希望，到哪里都不是理想的抛锚地，而只要生命还在，希望就能萌生。

生命的每一步都带着人们向死亡之境跌落。不要存在幻想，这才让你比较持久稳定，安然地居住在孤独中。胸中如有千沟万壑、千军万马，只有接受这一事实。我们才能超越苦难与死亡，腾起在空中，看清生命的意义。

每天都冒一点险

你希望自己有活力吗？你期待着清晨能在新生活的憧憬中醒来吗？有一个好办法——每天都冒一点险。

"险"有灾难狠毒之意。以前是躲避危险，现代人多了越是艰险越向前的嗜好。每天都冒一点险，让人不由自主地兴奋和跃跃欲试，有一种新鲜的挑战性。我给自己立下的冒险范畴是：以前没干过的事，试一试。当然了，以不犯错为前提。以前没吃过的东西尝一尝，条件是不能太贵，且非国家保护动物。

可惜眼下冒险的半径范围较有限。清晨等车时，悲哀地想到，"险"像金戒指，招摇而靡费。比如到西藏，可算是大众认可的冒险之举，走一趟，费用可观。又一想，早年我去那儿，一分钱没花，每月还给 6 元的津贴——自己是女兵，外加 7 角 5 分的卫生费，真是占了大便宜。

车来了，在车门下挤得东倒西歪之时，突然想起另一路公共汽车，也可转乘到校，只是我从来不曾试过这种走法，今天就冒一次险吧。于是扭身退出，放弃这路车，换了一条新路线。七绕八拐，挤得更甚，费时更多，气喘吁吁地在差1分钟就迟到的当儿，撞进了教室。

改变让我有了口渴般的紧迫感。一路连颠带跑的，心跳增速，碰了人不停地说"对不起"，嘴巴也多张合了若干次。

今天的冒险任务算是完成了。变换上学的路线，是一种物美价廉的冒险方式，但我决定仅用这一次，原因是无趣。

第二天冒险生涯的尝试是在饭桌上。平常三五同学合伙吃午饭，AA制，各点一菜，盘子们聚在一桌，其乐融融。我通常点鱼香肉丝、辣子鸡丁类，被同学们讥为"全中国的乡镇干部都是这种吃法"。这天被菜单上的"柳芽迎春"吸引，就点了一份，端上来一看，是柳树叶炒鸡蛋。叶脉宽得如同观音净瓶里洒水的树枝，还叫柳芽，真够谦虚了。好在碟中绿黄杂糅，虽略带苦气，但味道尚好。

第三天的冒险颇费思索。最后决定穿一件宝石蓝色的连衣裙去上课。要说这算什么冒险啊，也不是樱桃红或是帝王黄色，蓝色老少咸宜，有什么穿不出去的？怕的是这连衣裙有一条黑色的领带，好似起锚的水兵。

为了实践冒险计划，鼓足了勇气，我打着领带去"远航"。浑身的不自在啊，好像满街的人都在议论："这位大妈是不是有毛病啊，把礼仪小姐的职业装穿出来了。"极想躲进路边公厕，一把揪下领带，然后气定神闲地走出来。为了自己的冒险计划，咬着牙坚持了下来。走进教室的时候，同学们友好地喝彩，老师说："哦，毕淑敏，这是我自认识你以来，你穿的最美丽的一件衣裳。"

三天过后，检点冒险生涯，感觉自己的胆子比以往大了点。有很多的束缚，不在他人手里，而在自己心中。别人看来微不足道的一件事，在本人，也许已构成了茧鞘般的裹胁。突破是一个过程，首先经历心智的拘禁，继之是行动的惶惑，最后是成功的喜悦。

我喜欢辽阔的地方

　　我喜欢辽阔的地方，它会让人谦逊，清耳悦心。我的青年时代在藏北高原度过，那里曾经埋下我的悲伤与欢乐。它们如最初的精神之冢、不时继续掩埋新的心绪。许多年过去了，某一天心灵重返旧地，翻掘遗骸，我惊奇地发现，哀伤已经化为晶莹琥珀，欢乐变成巨蚌，养育出了珍珠。

　　这一切，让我感觉人的经历多么神奇！

　　16 岁时，我在西藏当兵，阿里有九个月的冬天，我喜欢辽阔的地方的冬天，剩下的三个月，既不是春天也不是夏天和秋天，它是在冬天的底色上，间或涂抹着几道其他季节的无常岁月。偶尔不飘雪的晴朗冬夜，深蓝如水。逢我值夜班，到了后半夜，困倦不已。我会走出烛光摇曳的值班室。仰望星空。极端寒冷的空气给我注入钻石般的清冽，极目远眺，雪山如蜡，星河灿美。

　　我在那一刹做出了一个决定——要向一颗微不足道的小星学习，可以微弱，但要有光。

　　从那时起，我似乎从未真正年轻过。没有放浪形骸的为所欲为，也几乎没有肝肠寸断的爱恋情愫，有的只是迅疾奔突的行军和日复一日的躬身诊疗。每天每天，每年每年，在世界之巅戍边一十一载。不变的星辰不变的峰峦，同样不变的还有弥漫一切的白色，看飞雪的且歌且舞，医素不相识之人的病痛生亡。

人生最大的纷扰，是找到意义和价值。这题目在我 17 岁的时候，已经悄然作答。

我有一个柔和的童年，我却在很长时间懵然不知。我本以为所有的人，在他们婴幼时代都该如此，我只是其中一员。我后来才知晓，人的放松和宁静，很大一部分来自安全的早期经验。我得到过许多无条件的喜欢和爱，我要感谢我的父母和师长，让我知道自己虽然渺小，但仍是有价值的存在。

我一生的经历，所有的琥珀与珍珠，结成一串，沉重坠挂在我的颈项间。它们断裂了，跌落在我的文字里，愿与同样喜欢辽阔风光的你分享。

在印度河上游

第一眼看到狮泉河，瞬间即被震撼。

它的河床不很宽，闲散地躺在布满红柳的沙砾滩上，好似大战后失去血色有几分苍白的蟒蛇。它的河水也不很急，泛着细碎的粼花，仿佛那受伤的蟒，正在呻吟着休养生息，以图再战。

使我惊讶的是它的纯净，水的一种至高无上的状态。当你看到一小管蒸馏水的时候，会惊讶它的透彻和洁净；当你看到一瓶蒸馏水的时候，会叹息它的清爽和工艺；当你注视着一条滚滚而来的大河，在傍晚和黎明探视它，排除阳光闪烁的金斑干扰的时候，你如同与一条通体透明的恐龙对视。洞穿它每一个漩涡的脏腑，分辨出每一块卵石的纹路，那一刻，你会感到水的至清无瑕是一种巨大的压迫与净化。

狮泉河水是由高峰上万古不化的寒冰融化而成，那时候，还没有矿泉水、太空水这样雅而商业化的称呼，我们直呼它为冰川水。在寒冷而不结冰的日子，狮泉河是温顺而峻峭的，如同一把银光闪闪的藏刀，锋利地切割着高原峡谷，蜿蜒向远。我查了地图，知道它流经国界之后，就成了大名鼎鼎的印度河，最终汇入印度洋。

我不知道它为什么叫狮泉河？问过很多人，都说，顾名思义呗，可能是狮子像泉水一样地跑过来，或者是河水像狮子一样地跑过去吧？

不论谁像谁，那狮子一定有着雪白的长长的鬃毛，跑动起来，好似雪雾掠过山巅；它愤怒的时候，吼声会引发连绵的雪崩。

在高原上阳光最充沛的日子，我们接到赴狮泉河畔抗洪的通知。我看看天，天是那种雪域特有的毛蓝色，如同"五四"后革命女生新做的旗袍，干爽平整，没有一丝乌云。太阳把亿万根金针，肆无忌惮地从高空镖射而下。我感到光芒从军装罩衣的缝隙刺进棉袄深处，使僵硬的老棉花里蕴藏的冷气，渐渐发酵酥胀。

"这样的天，怎么会发洪水呢？瞎指挥吧？"新兵的我，不知天高地厚地说。

老兵拎着铁锹，一路小跑说："你那是平原的皇历；在高原，越是有太阳，越是发洪水。水是阳光的孩子！快走吧！"

我这才恍然大悟。在阿里，有一条特殊规律——如果连续出现几个晴空万里的日子，你就要到狮泉河防洪。

当兵的人，洗被子是个大工程，除了费力，主要是缺乏工具。每个人只有一个小脸盆，洗一件军衣就爆满，泡沫横飞；若把被子塞进去，活似大象进了茶壶，涌得皂水四溢，泛滥成灾。我提议，单是洗，就在脸盆里凑合了；透水的时候，到狮泉河去。让河水这个天大的盆，把我们的军被冲刷一净。

我们的营地距狮泉河不过百余米，不一会儿就到了。当我们兴高采烈地把军被放到狮泉河里时，立即发现失算了。狮泉河绝不是一个温顺的女仆，它躁动着，在表面上虚怀若谷的水波下，掩藏着湍烈的暗流。军被一入水中，瞬间就被水流展开，好像一堵绿色堤坝，斜着立在水里，堵住了狂放不羁的冰川之水舒展的手臂。

我们用手攥着军被，手指上感到有巨大的冲击力，好像拽着一只大风筝，随时都会凌空而起。河水愤怒地冲撞着巨帘，军被膨胀成可怕的弧形，好像风暴中就要崩裂的船帆；河水幸灾乐祸地激起漩涡，戏耍地兜着我们的军被绕圈子，好像那是它抽打的一只只翠绿陀螺。我们感到了越来越大的吸引力，狮泉河在粗暴地邀请军被和它的主人，一道共赴水中央。

"姑娘们，快松手！否则会被卷进狮泉河的！"远处有人看到了我们的危险，大声叫道。

我们置之不理。真是开玩笑！一松手，被子就被龙王爷借走了，今晚盖什么？此刻已完全不幻想狮泉河免费帮我们漂洗被子了，最要紧的是在激流中把军事财产抢救回来。于是，拼命捏住仅剩在手中的被子角儿，好似那是网绳。被子像大鱼，不安分地甩动着。手被泡得发白，指甲因为用力和寒冷，已变得青紫，渐渐地失去知觉；骨节因为负重和要命的扭转，已肿胀如镯。

眼看单凭手的力量，无法和内力深厚的河水抗衡。随着时间的推移，手指渐酥，气力越来越小，眼看就攥不住了，被角一丝丝地从指缝拔出，马上就会漂逸而去。不知是谁喊了一句："看我的！"眼瞧着她的被子就像被施了魔法，"嗖"地就脱离了险境，朝岸上卷去。我赶忙一眼瞟去，学习先进经验。原来那女孩儿跳进了岸边的浅水里，把军被缠在了腰上，下半身水淋淋的，终于控制住了局势，狮泉河再猖獗，一时也卷不动百八十斤重的人，被子就虎口脱险了。

我们都忙不迭地照此办理，不一会儿，一一化险为夷。站在岸边，抱着被子，任狮泉河水从被角和裤脚流淌不息。

赶来援救的老兵们说："我们这些汉子都不敢让狮泉河帮着洗衣服，知道它暴烈无比。你们这些女娃啊，怎么比男人还懒！"

我们把被子放进脸盆，嘻嘻哈哈地往回走。刚开始所有的脚印都是湿的，且淋漓模糊巨大无比。走过红柳滩，沙包舔走了一些水分，脚印就只剩下半截，好像一种奇怪的小兽在奔逃。大家都说，今天的被子洗得真干净！仔细端详，军被的绿色，已被激流抽打出一缕缕白痕。

狮泉河结冰，如梦如幻。

那是一日清晨，我们按照惯例，到狮泉河边出操。走着走着，就觉得异样。狮泉河寂静无声，好像已经不复存在。平日的狮泉河大智若愚，也不好喧哗，但仍有一种男低音似的轻啸，在山谷中贴着巨石回荡。我们熟悉它，就像倾听高原的呼吸，此刻，怎么一夜间就无端地沉寂了呢？！

走到河边，大惊失色。狮泉河在骤然而至的严寒中，瞬间凝固。高高的水浪腾在空中，卷起优美的弧度，僵硬如铁；周围簇拥着迸溅的水珠，若即若离，与主浪以极细的冰丝相连，好像逃婚的孤女最后回眸家园。狮泉河被酷寒在午夜杀死，然而，它英勇地保持了奔腾的身姿，一如坚守到最后一分钟的勇士；它坚守了一条大河无往而不胜的气概，只是已粉身碎骨、了无声息。

我们被骇住了！无论从黄河长江还是更冷的东北来的兵，都说从未见过这种奔腾中凝固的奇观。我怯怯地走过去，轻轻地抚摩着波浪。它冷硬尖锐、千姿百态的曲线，流畅无比，滑润若骨；浪尖绝非平日所见那般柔软，简直可以说是很锋利的，如短剑一般直指前方，切割着严寒，触之铿然有声。不一会儿，手指就像五根空中钢管，把脏腑的热气偷漏给了冰浪。那朵吸走了我体温的浪花，姿容不改，只是花心沁了一点点雾气，显出晶莹的朦胧。

是的，平原上的人，难得有机会抚摩到如此坚实的浪花，它钢筋铁骨，铮铮作响。平日我们在海边探着手指，沾了一手水，自以为抚摩浪花的时候，浪花其实早已冷漠地却步抽身了。我们摸到它蜕下的壳，至多只能算是它的背影甚至残骸了。

狮泉河的支流，是一条条自雪山而下的小溪。在温暖的季节，它们匍匐在石缝里，并没有一定的河道，肆意流窜着，好像撒欢的野鼠。下乡巡回医疗的救护车，常常会陷在这样的水流里，前进不得，后退不得，引擎徒劳地轰鸣着，在山谷中发出空旷的回声。

"姑娘们，你们到远处的岸上歇着吧。"同行的老医生边挽着袖子，边向我们挥手说。看来得下水推车了。

"我们不走，为什么要赶我们走呢？多一个人不是多一分力量吗？"我们不走，也跟着挽袖子。

"狮泉河是不喜欢女人的，所以，你们必须得走。"老医生不容置疑地命令。

没办法啊，当兵就是这个样子，每个老兵都好像你的再生父母，你必须服从。

我们几个女孩子，愤愤地向远处走去。脚都酸了，认为走得够远了（高原是很容易疲乏的），刚要停下来，一直用眼光监视着我们的老医生，大声地喊道："不行，太近了，还得走。走得越远越好！"

我们只好沿着小溪向上游走去，走几步，停一停，直到老医生不再用声音的鞭子驱赶我们。这时回过头去，只见人已小得像苍穹下的一颗绿豆。

你们怎么推车呢？我们呆呆地看着流动的河水，天渐渐地黑下来，河水变得更加冷蓝了。

喔，原来男人们都把衣服脱下，下河推车了……我们几个女孩子，谁也不再说话，只是把手伸进黄昏的河水，感受到手指的麻木，一寸寸地从指甲向胳膊根儿处蔓延，用这种愚蠢的行为，和战友同甘共苦。也许，我们的体温会使冰冷的狮泉河水提高一点温度，当它流到下方的时候，会使推车的人，少受些寒冷？

我在西藏阿里军分区工作了十一年，狮泉河流经我的整个青年时代，它清澈澄净，洗涤着我的灵魂。

在这个物欲喧嚣的世界上，我怀念那种纯净的水。纯净而有力量，是很高的境界。复杂常常使人望而生畏，很多种因素混合在一起，叫人摸不着底细，以混浊佯作高深。我不知道狮泉河是不是世界上海拔最高的河，但我想它的透明和清澈，该是在地球上名列前茅的。当我默默地站在它的一侧，凝视着它的时候，我会感到一种伟大的包容和冲决一切的勇气。

人的精神是从哪里来的？我以为很大一部分，甚至关键性的启示，是从大自然而来。人在年轻的时候，能够和自然如此贴近，远离城市，孤独地走进大自然的怀抱，你会在一个大的恐怖之后，感到大的欣慰；你会感到一种力量，从你脚下的大地和你头上的天空，从你身边的每一棵草和每一滴水，涌进你的头发、睫毛、关节和口唇……你就强壮和智慧起来。

读书也会使我们接触到这些道理，但是，我们记不住它。大自然是温和而权威的老师，它羚羊挂角、不露声色地把伟大的关于生命和宇宙的真理，灌输给我们。

你在城市里，有形形色色的传媒，有四通八达的因特网，有权威的红头文件和名不见经传的小道消息，摩肩接踵；你几乎以为你无所不能，你了解了整个世界。但是，且慢！在人群中，你可能了解地球，但你永远无法真正逼近——什么是宇宙——这样终极的拷问。

你必得一个人和日月星辰对话，和江河湖海晤谈，和每一棵树握手，和每一株草耳鬓厮磨，你才会顿悟宇宙之大、生命之微、时间之贵、死亡之近。我以为在很年轻的时候，有机缘迫近这番道理，是一大幸运。你可以比较地眼界高远，比较地心胸阔大，比较地不拘一格，比较地宠辱不惊。

人是自然之子，无论上山下乡在历史上做如何评价，它把无数城市青年驱赶放逐到自然与社会的最原始状态，使这些人在饱尝痛苦的同时，深刻地感受到了自然的博大与森严。

碗里的小太阳

我不吃羊肉，总觉得那肉里有一股青草味儿。

小的时候，跟父母到北京的东来顺馆子里吃过一顿涮羊肉，回来后全身起了风疹。医生说是过敏，让我终生忌食羊肉。

到了西藏，羊肉就成了主要菜肴。做法很粗犷，用斧子将整头羊劈成碗口大的坨子，连骨头带肉丢进高压锅，再塞入一块酱油膏，撒点作料，拧上锅盖急火猛攻。

一个小时后，一道名为"大块羊肉"的高原菜就算烧得了。大家就拎着饭碗来打菜。

我对同屋的果平说，你把我的那份菜打走好了。

果平说，那你吃什么呀？

我说，吃咸菜呀，我是宁肯吃咸菜也不吃羊肉的。

果平说，你好傻啊，会写美丽的"美"字吗？

我说，会写呀！说完，就用勺子把儿在手心上写了一个大大的"美"字给她看。

果平说，原来你还挺聪明的呀！那你为什么不吃羊肉呢？什么叫"美"？"大""羊"两个字摞起来就是"美"啊，西藏的羊多大啊！

我便如实相告，吃羊肉过敏。

于是，在吃羊肉的日子里，只有我一个人孤零零地吃咸菜。时间长了，被炊事班长发现，他说，老吃咸菜怎么行？长久下去会得病的。

我说，那好啊，你给我做猪肉。可那些猪肉都是从平原运来的，数量不多，都让我吃了，就太对不起大家了。

几次小灶以后，我对炊事班长说，我还是吃咸菜吧，这样心安。

炊事班长见我很坚决，就说，要不这样吧，你跟我到食堂的库房里挑一挑，看你喜欢吃什么，就拿点什么；反正每个人都有一份伙食费，你不吃羊肉就吃别的好了。

我第一次走进库房。哇，好丰富！一箱箱的奶粉，成麻袋的红糖白糖，还有花生米、葡萄干、脱水菜、压缩饼干……真够琳琅满目的。可惜都是干菜坚果类，根本引不起人的食欲。

就没有蔬菜吗？比如，红红的萝卜、绿绿的黄瓜？我实在太渴望吃青菜了，明知没有多少希望，还是试探着问。

有啊。炊事班长很肯定地说，随手拎出一筒罐头。三下五除二，打开来，倒真是有红红的萝卜、绿绿的黄瓜，只是它们强烈地冒出一股酸气。原来这是酸菜罐头。

吃了几次酸菜罐头，我就腻了。我跟在炊事班长的屁股后面转，突然发现一只神秘的小麻袋，袋口的线绳扎得紧紧的，灰头灰脑地缩在墙角。

那是什么？可不可以吃？我问。

吃不得。那是一种虫子干儿，有怪味道。炊事班长说。

我好奇地解开绳子，出现在眼前的是满满的一麻袋红橙鼓胀的——大海米！

噢！我今天就吃这种虫子干儿了！我快活地大叫着，要知道我们自打到了西藏，还没尝过海味儿呢！我顺手抓了一把海米填进嘴里，嚼得咯咯响，鲜香满口。

炊事班长吃惊地瞪着我，因为，他自小生活在西北的山区，从没见过海里的生物。

但连续吃了几次海米之后，我又腻了。这一回，我长了经验，不让炊事班长当向导，自己在库房里转呀转，想再发掘出点不同凡响的食品。

果然，我又找到一只奇怪的麻袋。看起来鼓鼓囊囊，拎一下却很轻。打开一看，原来是又大又圆的山西红枣。

我立刻用随身带的饭盆舀了半盆，连蹦带跳地跑出库房，对等在外面的炊事班长说，我今天就吃这个喽！

炊事班长说，这个当零食吃可以，当正经菜可不行。

我说，能行能行，又能当菜又能当饭。说着就跑远了。

以后，我和我的朋友们就热切地盼着吃羊肉的日子。

我进库房用来盛红枣的器皿越来越大，最后，简直变成了一只小脸盆。炊事班长吃惊地说，你一个女孩子，一顿吃得了这么多的红枣吗？小心别闹肚子。

我说，当然吃得了，你就放心吧。

他不知道，每次都是我们全屋的女孩子一块儿吃红枣。在那些最严寒的日子里，我们团团地围坐在火炉旁，把红枣洗净，撒上白糖，放在小锅里，慢慢地煮。

在呼啸的风雪声里，红枣渐渐地膨胀起来，好像一轮轮暖洋洋的小太阳，把我们的脸都映得红艳艳的。

女孩子吃红枣，是很补身体的。

昆仑之吃

　　谈吃的文章，多半是讲某时某地有某种特殊的吃食或吃法，但我要写的昆仑山之吃，却是普通的东西、普通的吃法，只因了海拔高的缘故，那留在记忆中的味道，便永生永世找不到伴侣。

　　二十多年前，我在喀喇昆仑山、喜马拉雅山、冈底斯山交会的藏北高原当兵。如果把高原比作世界屋脊，我们所在的地方就要算屋顶上鸥吻所处的位置，奇异而险峻。从山底下运来的蔬菜，被冰雪冻得像翡翠雕成的艺术品，用手指一碰，发出玻璃一样清脆的声响。给养部门在进行了若干次不成功的尝试之后，终于放弃了给我们运输鲜菜的打算，从此我们天长日久地与脱水菜为友，别无选择。

　　脱水菜无以辩驳地证明了一个真理：有些东西失去了便永远不能挽回。脱水菜失去的是普普通通的水，但你无论再给它多么充足的水，它都不能再恢复到原来的性状，依旧像柴火一样干涩难咽。

　　最常用的食谱是脱水菜炒肉。平心而论，20 世纪 60 年代末 70 年代初时期，全国副食供应匮乏，但昆仑山上的肉食始终很充足。雪白的猪皮上扣着紫蓝色的徽章，标明产地。记得一次炊事班长一菜勺把一块紫色肉皮盛到我碗里，那戳子是紫药水打上的，可以食用，虽然煎炒，仍鲜艳夺目。我仔细端详了一下，认出"郑州"两个字，一张嘴，就把河南的省会咽到肚子里去了。之后记得还吃过几座城市，比如四川的绵阳、河北的石家庄。

山上也养猪。刚开始是从山下运上来的仔猪。猪娃的高原反应比人还严重，它们又不懂事，身上难受，不像人似的知道安静卧床，反倒乱蹦乱跳，很快就口吐血沫，患高山肺水肿死去了。炊事班长每天看着泔水白白扔掉，心疼得不行，立志要在高原上养猪成功。后来，他托人从国境线那边换回来小猪崽，据说是印度种，山地适应性极好。小猪刚断奶，不爱吃食，他就冲了奶粉喂猪。顺便说一句，山上那时奶粉很多，从农村入伍的战士都不爱喝，说没有苞米面糊糊好喝，便眼睁睁地看着奶粉过期。印度猪很适应高原气候，很快长成一只大猪。山上气候恶劣，人们食欲很差，剩饭菜多，印度猪最后肥得肚皮耷拉下来擦着地，皮都磨破了。炊事班长便把它赶到卫生科的外科治疗室，叫护士给猪包扎一下伤口。猪便拖着粘着白纱布的肚子，在营区内悠闲地散步。

炊事班长对印度猪这么有感情，我们猜他一定舍不得杀它。"八一"的前一天，炊事班长却手起刀落，飞快地把猪给宰了。大家都问炊事班长怎么舍得，炊事班长奇怪地反问大家：养猪不就是为了吃肉吗！大家都说可惜了可惜了，昆仑山上见个活物不容易，有一头猪每天在外面走一走，也能叫人生出许多感想，怎么就杀了呢！过了"八一"，大家又都说印度猪的肉不好吃，说从小喝牛奶的猪没有农村里吃糠长大的猪味道好。这只普通的来自印度的黑猪，无论它活着还是死后，都使许多年轻的中国士兵想起平原，想起遥远的家乡。

营区附近有一条河，河深丈许，清澈见底。它是著名的印度河的上游，有一个美丽的名字——狮泉河，不知是指狮子像泉水一样地跑过来，还是泉水像狮子一样跑过来。总之这两种意境都美丽而雄奇，让人联想到洁白奔涌的景色。狮泉河使我怀疑一句古老的哲语——水至清则无鱼。狮泉河是高原万古寒冰所融的积水汇合而成，清冽得如同水晶，鱼群繁茂得如同秋天树叶飘落在马路上，有时一片河水被鱼背映得发黑。据老同志说，以前鱼群还要兴盛。汽车沿着河水浅的地方开过去，车轮碾过，便有两道宽宽的鱼带浮起，车辙由碾死的鱼标出。轮到我们戍边的时候，鱼已经没有那么多了，但依然稠密而愚笨。用曲别针弯个鱼钩，用一块生牛肉条挂在曲别针上，甩进河里，不消片刻，鱼就上钩了。

藏北的鱼不知归于哪一属哪一科目，色黑亮如柏油，肉雪白若膏脂。但不知是高原上人的胃口差，还是这鱼本身的问题，大家都不爱吃鱼。星期天的早晨，常有人披了军大衣在狮泉河畔垂钓。钓到了，便把那挣扎着的鱼从曲别针上摘下来，重新丢入沸沸扬扬滚动着的河水中。许多年后，听一位去过西方的朋友讲，那里的文明人类活得多么潇洒，常常把钓到的鱼再甩回湖里，钓鱼不是为了吃，而是为了消遣。我想早在很多年前，因为寂寞，我们也曾达到过这种境界，原来也曾潇洒过一回。

但是在高原上必须吃。吃了才有体力，才能在高原上生存下去。我们的国家很穷，我们不是凭着强大的国力威慑住想更改国界的邻国，而是凭着人——敢在难以生存的险恶之中生存，以证明我们捍卫这块领土的决心。这便有了几分悲壮、几分苍凉。我们这些边防军，是活的界碑，把身体养得强壮，便有了非同寻常的意义。

总后勤部给我们发了"六合维生素"，就是把六种维生素混淆在一起压成片剂，每一粒都光滑得像子弹。每天我们都一大把一大把地吞药，仿佛病入膏肓的老人。维生素到底有多大的效力，我不敢妄下结论。只知道在吃着维生素的同时，我们指甲凹陷、齿龈出血、口腔溃疡、头发脱落……对于人，最重要的是空气。因为氧气不足而出现的这一系列麻烦，只有用一分钱都不值的空气才能治疗。可惜，空气在高原是定量的。

为了保证大家吃好，挑选炊事班长的严格不亚于挑选一位军事指挥员。要能吃苦，会动脑筋，还需手巧。

我们的炊事班长是甘肃人。方头，两只眼睛的距离很远，身材高大。当我后来看到挖掘出来的秦始皇兵马俑时，自觉得为班长找到了祖先。

班长扛大米，嗨哟哟，一次能扛两麻袋。一袋一百斤，在高原上扛两袋，简直是找死，可他脸不变色心不跳。班长摇压面机，别人两个人握着摇柄，慢慢悠着劲儿转，高原偷走了小伙子们的力气，把他们变成了举止迟缓的老翁。班长把机器摇得像一架飞速旋转的风车，面页子便像瀑布似的涌垂下来。

班长也很会动脑筋。用高压锅蒸馒头，要先在屉上刷一层油，这样才不粘锅。班长会把蒸锅内的水添得恰到好处，会把四个眼儿的汽油灶烧得恰到好处，两个恰到好处凑在一处，馒头熟了，水熬干了，高压锅残存的余热，将馒头底子煎得焦黄油润，仿佛北京"都一处"的锅贴。

这项操作是班长的专利。有不服气的炊事员想试一试，结果是差点使高压锅像颗鱼雷似的爆炸。

但班长也有很失算的时候。有一次，早上喝藕粉。昆仑山太阳出得晚，做饭时还得点上煤油灯。班长一手持灯，一手掌勺，灯火将他的半边身子映得锈红，另半边还隐没在黑暗之中。他一俯一仰地围着锅台忙碌，将表层的藕粉汤舀出来，撇进泔水桶里。我看到班长奇怪的举动，问他这是在做什么。他长叹一口气，说藕粉的成色是越来越不行了，看，这里混进了多少草梗！我凑近那灯光，看清漂浮在藕粉中的一小朵一小朵金黄的桂花。原来这是新运上来的桂花藕粉，生在黄土高坡的班长从没见过这种精致的花朵，便以为是异物。

高原上气压低，水不到八十度就开，火候很难掌握。即使是班长挂帅，也常有误饭的事情发生。所以开不开饭，并不是以号声为准，而是看班长的眼色行事。每天到了开饭时间，大家便排着队走到饭厅前，立定，开始唱歌。唱毛主席语录歌、唱"我是一个兵"，等等。通常是三五支歌后，系着白围裙的班长从灶房里钻出来，梧桐叶子一般大的手掌一挥，就解散开饭，大家作鸟兽散了。有一回，不知是出了什么纰漏，我们整整齐齐地列队唱歌，唱了一首又一首，大约过了半个多小时，还不见炊事班长出来挥舞他梧桐叶子一样的大手，大伙儿都饿得有气无力了。

负责起歌的是一个四川籍小个子兵，他终于卡了壳，再也想不起有什么歌可唱了，说没有歌了，咱们就这么干站着等吃饭吧！大家说，你就随便起个歌吧，不是有那么多革命样板戏唱段吗，你起个头儿，我们一准儿跟你唱就是。小个子兵抖抖嗓子，大声领唱了一句："想当初，老子的队伍才开张……"

样板戏的反复灌输，使我们对每一段唱词都倒背如流。大家一听到这熟悉的曲调，不假思索地异口同声地随他引吭高歌起来。于是，样板戏的唱段就在冰峰雪岭之间回荡缭绕。

炊事班长像失火一样从灶房里跑出来，大手刀劈斧剁地往下砍，大吼了一声：唱什么唱！开饭啦！

直到这时，许多人还没意识到大家齐声合唱了一段反面人物的唱词。饥饿终究是世界上最有权威的君王，大家一哄而散了。

后来，听说领导要追查小个子兵的责任。炊事班长晃着眼睛间距很宽的方脑袋说，那天的责任全在他。因为饭开晚了，小个子兵饿糊涂了，完全是昏唱。

因为班长很有人缘，事情就不了了之了。

每天吃中午饭的时候，"解散"的口令一下，最先冲进饭厅的一定是河南兵，像杀敌一样英勇。

河南人大概是最爱吃面食的人。一百斤面粉比一百斤大米要更占地方，运输部队便运来大量的米和少量的面。只有每天早餐恒定是吃馒头，晚上有时吃面条，其余的空白便均由大米所充填。班长在农村是挨过饿的人，最怕做的饭不够大家吃，早上的馒头便总有富余，剩下的中午热了再吃。河南兵就是冲这几个剩馒头去的。班长是个很讲"不患寡而患不均"的人，他觉得馒头总让这几个河南兵抢走了，就是对别人的不公。他没有办法阻止河南兵抢馒头，但他有权力使点小计策让河南兵们的努力失败。米饭是一屉一屉蒸的，他把那几个馒头神出鬼没地分散在各屉里，这样晚到的人也可以在最后一屉的角落里突然发现一个馒头。有一次，真不巧，河南兵因为找不到馒头，只得悻悻地填饱了米饭离开饭厅，而当馒头突然出现时，在场的人又恰好都是爱吃米饭的。宝贵的馒头反而像大海中的岛屿一样，孤零零地剩在空屉里了。大家埋怨班长，班长胸有成竹地将剩馒头收起来。晚饭的时候，他把馒头端正地摆在最高一屉。河南兵对馒头的热爱是经得住考验的，他们热烈地欢呼，把剩了两顿的馒头狼吞虎咽地吃光了。

记忆的冰川在岁月的侵蚀下，渐渐崩塌消融。保持着最初的晶莹的往事，已经越来越稀少。班长、四川兵、河南兵们的名字，被我在遥远的人生旅途中遗失，也许永远找不到了。但这些与昆仑之吃有关的片段，像狮泉河底的卵石，圆润可爱，常常带着高原凛冽的寒气，走入我的月夜。

我已经近二十年没有吃到脱水菜了，有时候还真想再吃一回。

昆仑之喝

"喝"这个字好像被酒给垄断了。只要说到喝，后面就拖着长长的酒尾巴。

其实凡是液体入喉，都算作喝。人一生最大量最平凡的是喝水（听说澳大利亚那地方宽裕地把牛奶当水喝，不在此列）。因为太普通，喝水就成了不值一提的俗事。

但若到了奇特的地方，简单的事变得棘手复杂，就又可以写一写了。

二十年前我在藏北高原工作。那里是喀喇昆仑山、冈底斯山、喜马拉雅山三头银色公牛抵犄角的角斗场，海拔平均在五六千米以上。人们常把青藏高原比作世界屋脊，那我所待的地方就要算屋檐上系风铃的地方了。

我们一年到头穿着厚厚的棉衣，像一群松软的面包。缺氧使大伙儿干什么都无精打采，高原像小偷盗走了青春的力气。更古怪的是锅里的水不到一百度就沸腾，没有切身体会的人，不知道它的玄妙。

我第一次明了它的确切含义，是看到一个女孩把滚开的水往脚上浇，她在洗脚。我想她的皮还不得跟褪鸡毛似的，脱下一块来？没想到，她惬意地甩着水，连说舒服舒服，你也来试。那水其实只有六十多度，虽说开得哗哗叫，但并无平原上沸水的杀伤力。盛名之下，其实难副。

我们每天喝的就是这种六十度的开水。为了节省焦炭（运到山上的焦炭比上好的白面还贵得多呢），由食堂统一烧。吃罢晚饭，大师傅用炊帚把刚炒过菜的大铁锅胡乱刷刷，咣咣倒进几大桶雪水，煮开水的漫长过程就开始了。他总不乐意把锅刷干净，因为小时候家穷，有油星的锅是富足的表现，留着下顿饭接着滋润。

人们提着暖壶，拎着水舀子，麇集灶边。袅袅的水汽从裂了缝的木锅盖升起，好像有一大炷香在锅内燃烧。

需要耐心地等，这个过程大约四十分钟。你不可走远，因为水不多。抢不到水，你就会成为一晚上的撒哈拉大沙漠。水舀子也很重要，像古时做官的印玺，要牢牢掌握在自己人手里。假如水开了，你有壶没有舀水的家伙，岂不急煞人。又不兴随便拿个茶缸就能伸进锅里舀水（你就是把杯子洗了又洗也不成，这就是昆仑山的规矩）。水舀子就那么一两个，有数的，这人用完了给下个人用，好像火炬传递。你要是灌满了自己的暖壶，不把水舀子给紧靠在自己身后排队的人，而是遥相呼应，给了远处自家亲近的人，叫他先打上了水，大家嘴上不说什么，心里很鄙视你。就跟今日的以权谋私裙带风任人唯亲似的。

水好像不是被灶下的火焰而是被人们焦灼的目光烧开了。那情形像有一条小鱼翔在锅底，渐渐长大。先是搅起轻轻的涟漪，迅即膨胀，直到用尾巴搅出大朵浪花，这时，高原上的开水煮熟了。

这个历程不能撩起盖子看。一看三不开。常有性急的人说，怎么还不开？不待别人阻拦，嘭地把大木头锅盖揪开了。汪着油花的水面像巨大的眸子，凝然不动。他叹口气，重把锅盖像被子似的给水捂严。要等片刻，才会有柔弱的水汽再度溢出。水叫人看了这么一回，就给你推迟两分钟开。要是哪个晚上多碰上几个这样的弟兄，开水就会怠工许久。

其实先舀到开水的人不上算，表面的浮油都被灌进暖瓶里了。这种水在瓶胆里一捂，会泛出熬萝卜般的熏臭，于沏茶极不相宜。

于是要喝茶就自己煮。高原上的人都有硕大的搪瓷缸子，其规模相当于五磅暖瓶的下半截。抓把茶叶扔进缸子里，炖在火炉上，像熬中药似的焖着。高原上的火因为缺氧，永无热情奔放的时候，总是阴险地沉默着，一副紫蓝色忧郁的脸膛。

高原上爱饮浓浓的砖茶。从医学的角度看，老茶叶里茶碱含量高，对人的心脏和呼吸系统有良好的兴奋作用，可以帮助适应缺氧，这当是人们喜爱它的主要原因。倘若换了鲜鲜嫩嫩的龙井毛尖，只怕在如此的煎熬下会顿失颜色。

高原人也喝酒。到藏族老乡家串门，主人总要敬上青稞酒。青稞酒基本上是无色透明的，并不是想象中的淡绿色。初入口时微甜，像醪糟，但不可小看。据行家们说，这酒后劲儿大，上头。藏胞淳朴，斟满的银碗高举过头，目光炯炯地注视着你，由不得你不喝。于是一仰脖，很豪爽地把一杯饮净，自觉尽到了心意，再把银碗端端正正地放下。

没想到主人以迅雷不及掩耳之势斟满第二杯青稞酒，依样画葫芦，又敬了上来。记着行家们的嘱托，不敢再饮。但主人执意要敬，推推拉拉，大家像在练太极功夫，好不热闹。

后来听翻译说，倒是我错了。若不打算喝了，就在碗底留点酒，主人知道你已尽兴，就随你的意了。像你这样一饮而尽，把酒碗舔了个精光，就是好汉一条准备豪饮一番的表示了……原来是这样！

工作部门里也喝酒。都是年轻人，逢年过节时，每十人算一席。每席一瓶白酒，多为西凤酒；一瓶果酒，多为樱桃酒。多少年来，这两个品牌永不变换。我想，一定是某年某月商店里盲目购货，压在库里，于是年复一年、节复一节地总用老面孔犒劳我们。

女孩子们一桌，望着这两瓶液体不知如何是好。西凤为中国十大名酒之一，想来性烈，是断乎不敢喝的。樱桃酒呢？儿时唱过：樱桃好吃树难栽。心想，由那么难成活的树长出的美丽果子酿造出的酒，准是好喝的。于是我们每人斟了一茶缸底子，黑乎乎的，像咳嗽糖浆。我至今不知那酒是个什么度数，喝到肚里的也只有一墨水瓶那么多（你想啊，十个人分一瓶酒，一个人会有多少？太多了不是多吃多占了吗？）。但十分钟后，我就觉得面前的桌子和人都奇怪地漂浮起来，好像脚下是一片水⋯⋯

我不知道这叫不叫醉酒。只是我从此后再也不敢去试任何一种含有酒精的饮料了。我的家族是不善饮的。我父亲曾说过我弟弟，喝一口酒连脚指甲都会红。弟弟在场面上练了多年还毫无长进，我就死了这条心吧。

剩下一瓶西凤，怎么办呢？

"找他们男孩换一盘菜吃！"不知谁提议的，众人皆赞成。于是公推一伶牙俐齿的姐妹到邻桌去交涉，大家就眼巴巴地等着吃。

片刻之后，使节归来，手里仍是拎着满满的酒瓶。"吓！他们还不换？一瓶西凤多少钱？一个菜才多少钱？再说平常喝得上酒吗？他们不换可是太傻了。没想到，男子汉还这么抠门儿！"女孩子们大叫。

使节忙说："不是的！不是的！他们看见酒，眼睛都瞪得像瓶底一样圆。只是我看他们的菜都快吃光了，换了咱就不值了，所以完璧归赵。"

原来，小气的是我们不是他们！只是这原封未动的一瓶烈酒，女孩留着又有何用？随着时间一分分流逝，邻桌碟子里的货色越来越少，假如贸易，我们的逆差就越来越大。

我们气愤地盯着男子汉风卷残云般地吃菜，心痛得厉害，觉得他们是把原属于我们的东西给霸占了。

我看见他们桌上的香蕉罐头还没有动。你们看合不合算？使节的大眼睛除了水灵灵地好看，还真侦察到情况。

男兵们多是西北一带人氏，对香蕉这类亚热带水果，抱半信半疑的敷衍态度。况且，剥了皮的蕉体泡在浑黄的液体里，形象也不雅。

"不值不值！"我们说。

可惜时不我待，女孩们用眼睛的余光瞟着，各桌上的残羹剩饮越来越单薄。

"换啦！"我们悲壮地说。于是，我们每人分吃了半截香蕉（没多少，不够一人一条），又喝了浑黄色的罐头汤，觉得还不错，起码比辣乎乎呛人的白酒好多了。

下一个节日又像候鸟似的降临。

"嘿！女娃子们！我们用香蕉罐头换你们的酒！"刚开席，就有男子汉找上门来，商讨以物易物。

"好嘞！换啦！"我们快活地答应，为早早打发掉透明液体而庆幸。

"喂！我们来换你们的酒……"又有几个小伙子摇着罐头瓶造访。

"晚啦晚啦！谁叫你们现在才来！"女孩们幸灾乐祸地指责后来者，自己也有点后悔，想不到贸易形势这样好，刚才应该要个高价，一瓶酒换两瓶香蕉罐头的。

亏了亏了。下次要沉着点，待价而沽。我们互相眨着眼睛。

真糟糕！小伙子们懊丧地搔着后脑勺，只好打道回府。

"哎！把你们的香蕉罐头拿走啊！"我们指着他们遗留下的罐头瓶子，大声叫喊。

"罐头嘛，既然你们爱吃，我们就不要了！"他们头也不回地说。

男孩子和女孩子就是不一样啊！

从此，每一次会餐，我们总是随随便便把西凤酒送给任何一个邻桌的小伙子们。从此，每一次会餐，我们女孩子的桌上都有许多瓶香蕉罐头。

记得有一次，居然我们每个人都平均到了一瓶香蕉罐头。那一天的会餐，好像成了会香蕉。

我们举着浑黄的罐头汤，豪爽地干杯，把罐头瓶碰得叮当乱响，喝了个一醉方休。

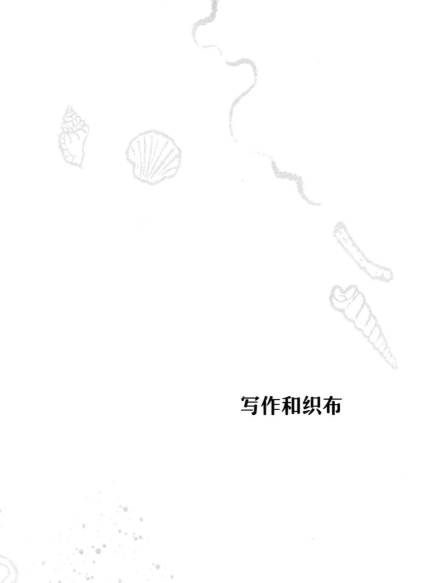

写作和织布

女儿，你是在织布吗

在我正式写作十年以后，当我 44 岁的时候，完成了生平第一部长篇小说，名为《红处方》。

在这之前，我一直在踌躇，自己要不要写长篇小说？因为它对人的精神和体力，都是一场马拉松。我是个青年时代遭过苦的人，对所有长途跋涉的行动，都要三思而后行。我甚至想过是不是一辈子不写长篇小说？因为有好几位我所尊敬的作家，写完长篇后撒手人寰，使我在敬佩的同时，惊悸不止，最后还是决定写，因为我心中的这个故事，像一颗泡过水的黄豆，不断膨胀着，呼唤着我。

写作也像做衣服，先要有材料。鲁迅先生所说，宁可将小说素材压成速写，不可将作速写的材料拉成小说，讲的便是量体裁衣的规则。在我对生活感受的储存里，有许多材料，它们像一些彩色的布头，每当我打开包袱皮，就闪烁着翻滚着跳到眼前，拼命表现自己，希望早些进入笔下。我总是慢慢地审视着它们，估摸着自己裁剪缝纫的技艺，不敢贸然动手。这其中有一堆素色的棉花，沉实地裹成一团，我数次因了它的滞重而绕过，它又在暗夜的思索中，经纬分明地浮现。

这就是我在戒毒医院的身感神受，也许不仅仅是那数月间的有限体验。也是我从医二十余年心灵感触的凝聚与扩散。我又查阅了许多资料，几乎将国内有关戒毒方面的图书读尽。

以一位前医生和一位现作家为职业的我，感觉到了一种不可推卸的责任。

我是一个视责任为人职的人。

我决定写这部长篇小说。前期准备完成以后，接下来的具体问题就是——在哪里写呢？古话说，大隐隐于市。我不是高人，没法在北京高分贝的声波中定下心来。便向领导告了假，到了我母亲居住的地方。那是北方的一座小城，并不是我父母的故乡，但他们离休后一直住在那里。父亲最后的时光在那里度过，安息在那片土地上。幽静的院落被一种深沉的暮气索绕，使我的心境浸入一种生命晚期的苍凉。

母亲问我选在家中哪一间房屋写作，按她的意思，是将我安顿在一间大大的朝阳房屋，那是整所住宅中最豁亮的地方。我迟疑着，想象中我未曾落笔的小说，似是一种更为凝重的调子。我最后选定了父亲生前的卧室。自老人仙逝以后，房门紧闭，一种极端的整洁和肃穆凝结在每一立方厘米的空气中。推开门来，是父亲巨大的遗像，关切地俯视着我。正是冬天，母亲说，这屋冷啊。我说，不怕。我希望自己在写作的全过程中，始终感到微微的寒意，它督我努力，促我警醒。

写作长篇小说，并不像我想象的那样可怕。在大约 3 个月的时间里，我日出而作，日落而息，像工厂的工人一般准时，每天以大约 5000 个字的匀速推进着。有不少时候，我很想写得更多一些，汹涌的思绪，仿佛要代替我的手指敲击计算机键盘，欲罢不能。但我克制住自己的激情，强行中止写作，去和妈妈聊天。这不但是写作控制力的需要，更因为我既为人子，居在家中，和母亲的交流就是非常重要的大事。母亲从不问我写的是什么，只是偶尔推开我的房门，不发出任何声响地静静看着我，许久许久。我知道这种探望对她是何种重要，就隐忍了很长时间，但有一天终于耐不住了，对她说，妈，您不能时不时地这样瞧着我。您对我太重要了，您一推门，我的心思就立刻集中到您身上，事实上停止了写作。我没法锻炼出对您的出现置若罔闻的能力……

从此母亲不再看我，只是与我约定了每日三餐的时间，到了吃饭的钟点，要我自动走出那间紧闭的屋子，坐到饭厅。偶尔我会沉浸在写作的惯性中，忘了时辰，母亲会极轻地敲敲门。我恍然大悟地跑出去，才发现母亲守在餐桌旁，菜已凉，粥已冷，馒头不再冒气，面条凝成一坨……我怪她为什么不自己先吃一点，她总是说，你爸爸在的时候，我也总是等他一起吃。

于是母女相对无言。以后的日子，我再不敢丝毫贻误吃饭。

打印出的稿纸越积越厚了，母亲有一次对我说，女儿，你是在织布吗？

我说，布是怎样织出来的，我没见过啊。

母亲说，织布女人，要想织出上等的好布来，就得钻到一间像地窖样的房子里，每日早早地进屋，晚晚地才出来，不能叫人打搅，也不跟别人说话。

我说，布难道也像冬储大白菜似的，需遮风避雨不见光吗？

母亲说，地窖里土气潮湿，布丝不易断，织出的布才平整，人心绪不一样，手下的劲道也是不同的。气力有大小，布的松紧也就不相同。人若是能坚持一天不说话，心里的那口气是饱满均匀的，绵绵长长地吐出来，织的布才会像潭水一般光滑。

我凛然一惊。

母亲的话里有许多深刻的道理，可惜我听到它的时候，生平的第一匹长布，已是疙疙瘩瘩地快要织完了。

好在我以后还会不断地织下去，穷毕生精力，争取织出一幅好布，以告慰无微不至关怀我的母亲，告慰父亲九天之上的英灵。

没有墙壁的工作间

自从我用了电脑，写作时就从卧室迁徙到门厅。

那地方实在是对不起"厅"这个儒雅的称呼，只有 4.5 平方米大，没有窗户，白天进来第一个动作也是拉灯绳，否则一不小心撞到电脑桌角上，那高度恰与人的腰眼齐平，会使你像被点了穴似的。四堵墙壁上开着 5 个门（大、小卧室，厨房，厕所和通往楼梯的屋门），环顾时只见门框不见墙壁，好像自己身在古驿站的小亭子里。

家中的格局原是这样的：儿子自上了高中，强烈地要求自由与独立，只好分他一个神圣不可侵犯的小屋。母亲患病，与我同住。卧室里摆着我的桌子，先生打地铺。

用笔写作的时候，逢我打夜班，众人也还相安无事。我只需把报纸卷成筒，遮避了灯光，就皆大欢喜了。换了电脑，那哒哒的击键声，在子夜的静谧中竟像奔马一般响亮。

先生坐起来，惺忪着眼对我说，刚做了一个梦……

我正忙着构思小说中一段优美的风景，敷衍他说，人都是有梦的……

先生说，这个梦里你变成了李侠。

我问，李侠是谁？

先生说，就是电影《永不消逝的电波》里的主人公。

我说，谢谢你，在梦中封我一回英雄。

一直佯睡的母亲说，你每夜这样不停地敲打，总让我想起特务……

我知道触了众怒，第二天便独自把电脑搬到黑暗的走廊，先生和母亲于心大不忍，一个劲地向我道歉，请我搬回去。但我执意不给他们以改过的机会，坚持坐在有 5 个门的工作间里写作，赐名"五洞斋"。

这实在是一个有许多妙处的地方。

不管白天晚上都要开着灯，很利于保持一种创作环境的连贯与稳定。

夜深人静写作时，再没有了愧对家人的自责。就算他们在梦中屏气倾听，击键声的袅袅余音，轻淡得也如同催眠的冷雨了。

在四周黑暗的氛围中工作，眼前一盏孤灯，常常使我有一种旧时挖煤的苦力的感觉。一个人在幽深的巷道里匍匐着前行，手足并用，寻找着埋藏的光明。那过程辛苦而危险，然而一旦负煤而出，满面尘灰地点燃跳动的火焰，心就温暖起来了。

在没有墙壁的房间里工作，唯一的坏处是——谁都可以参观你的劳动果实，而勿需请示批准。此地为家中交通枢纽，无论就餐还是方便，都必得从我坐的椅子后面挤过去，实有一夫当关，万夫莫开之险。但令人防不胜防的是儿子，抱着肘，毫不掩饰批判的目光，炯炯地注视着流水线上我的半成品，时而惋惜地点评一句：这一段文字啰唆了一些，似可减减肥……

我初而愕然，渐渐就忿忿然了。我说，一只蚕吐丝的时候，是不愿意被人盯着看的。卫生间的门都是有插销的。

轮到他大诧异，说，写出来的东西不就是要给人看的吗？难道你写的见不得人？

真是哭笑不得。

一天，我的左肩痛得抬不起来。到医院里看，医生诊断是受了风寒，并很有经验地说你工作的地方，左侧是不是有一扇窗？我嘻嘻地笑起来，说那地方任何方向都没有一扇窗。医生说，那一定是有一扇门。我说，那地方所有的方向都有门。

医生没有说准，讪讪地给我开了一大包芬必得。

晚上我仔细地研究包围我和电脑的门。左侧的门是正对着楼道的，有利如箭镞的冷风嗖嗖射来，是所有的门中最险恶的一座。

我对先生叫苦。

先生说，斋主，还是返回故居吧。如果你坚持在八面来风的"五洞斋"里写作，终有一天所有的关节都会痛起来。

我说，甭吓唬人。求你给我做个棉门帘吧，要又厚又大的那种，当下一个冬天来临的时候。

沧桑的岁月和温热的心

　　我是从当医生开始频繁地使用文字，那时每日要写病历和死亡报告等医疗文书。那种文字必定是客观、安静、恭谨与精确的描述。文字的应用，说简单，真是再家常不过了。你可以没有一寸土地，没有一颗粮食，但你依然可以拥有语言和文字。书写这件事的最低要求，是要让别人明白你的意思。高一些的要求，是要把你的意思说得尽可能引人共鸣。这是尚未过时的需要苦修的教养，是一个人思维本质的外化。如同习武之人对剑技和刀法的淬炼，你得日日潜心钻研。

　　多年前，我在北京郊区的农村买了几间小房，院子空荡荡，有野鼠出没（常常希望有狐，可惜没见过）。到了初春，植树节后，我从苗圃买回两棵梧桐树。它们，光秃秃的，又细又轻，不见一丝绿意，活像搭蚊帐的旧竹竿。我挖了宽敞的坑将它们的根须埋下，底部还施了从集市买来的麻酱渣。我先生说，这地方咱也没有产权，人家说不定哪天就收回去了，似不必如此上心。我说，就算人家把房子收了，这树也依然会生长。我们还是善待它们吧。

我以前知道法国梧桐叫悬铃木，觉得起这名字的人富有想象力和诗意。待自己植了这树，才发现它们的果实真是太像悬挂的小铃了。再呆笨的人，也会让它们拥有这个名字。不知道是不是我那两桶麻酱渣滓的效力，梧桐树发愤图强努力长大，几年的工夫，已经有四层楼高了，皮青如翠，叶缺如花。阔大的叶子像相思的巨手，每晚都在风中傻呵呵地为自己鼓掌。秋天的时候，它们会结出圣诞铃铛般的果实，自得其乐地晃荡着，发出我们听不见的叮当之响。阳光透过叶子抛洒在地面上，红砖墁砌的地就被染上点点湿绿，重叠成深沉的暗咖色。我懊恼地想，早知道梧桐绿得这样狠，不如当初垫了灰蓝的砖，索性让它们碧成一坨，比如今这般缠丝玛瑙似的绞着好。

突然，我看到头顶的斑驳中有一只清爽的鸟，在绿叶中跳跃，好像在和另外一只鸟捉迷藏。细细看去，其实并没有另外一只鸟，它是单身。但如果没有另外一只鸟，它如此执着地在我家悬铃木上钻来掠去，是何用意呢？想起"却是梧桐且栽取，丹山相次凤凰来"，莫非凤或凰的雏鸟被我家的梧桐引了来？成年的它们是绚彩的，不知幼小时也曾披过素衣？

人无法猜透一只鸟的心思，就像我们无法洞彻人生。不像梧桐是先知先觉的，它和秋天有秘密的联络孔道。要不，怎么会"梧桐一叶落，天下皆知秋"呢。

好几天，那鸟不辞劳苦地穿行于我家的悬铃木间，看得出它更属意东面的那一棵。我现在已经辨认出它是一只喜鹊，不是那种灰头土脸、吃松毛虫的小个子灰喜鹊，而是眉清目秀、黑白相间的长尾巴花喜鹊。

它来我家的时候，像一架民航货机，滞重迟缓载着货物；飞离的时候就一身轻松，活泼轻快，赶路匆匆。它确实是有伴的——另一只花喜鹊，黑和白的部分似乎均比早先这一只更大更鲜明，许是一只雄鸟吧。当我确认它们是一家之后，也就知道了它们的用意。两只喜鹊每天辛辛苦苦地衔来各色树枝，是要在悬铃木上搭一巢穴，迎接新生命的降生。

一只喜鹊窝，要搭建多少枝条？要衔来多少草梗？要倾注多少气力？要呕沥多少心血？要耗费多少光阴……

听到我自言自语，路过的当地老婆婆说，喜鹊选搭窝的地方时可心细呢。天上头要没有北风，地下面要没有凶兆，远处要没有打扰，近处要没有响动……最用心的窝，喜鹊要啄下身上的羽毛，铺垫得暖暖和和，小喜鹊孵出来后才活蹦乱跳。

我没见过自拔胸羽的喜鹊，这两只鸟好像也没有这般忘我。但我不得不信老婆婆的话。她说这些话的时候，摇晃着满头坚硬的白发，配着漆黑的旧衫，目若朗星。我疑心她在以往的哪一辈子曾做过鹊妖。

等着听小喜鹊叫吧。早报喜，晚报财，不早不晚报客来。她胸有成竹地说，好像未来的小喜鹊是她派往我家的儿童团。

为了节省喜鹊夫妇的时间，我约莫了一下它们搭巢所需建材的长短，捡了一堆草梗和树枝放在院子里，期望它们就地取材。但喜鹊夫妇胸中自有拟好了的蓝图，有我们不知的选材标准，对此视而不见，依然辛辛苦苦地到远处去衔枝。它们不屑。

鹊巢终于搭好了，小喜鹊在这里降生，一窝又一窝。

在两棵梧桐树和喜鹊家族的陪伴下，我写下了收入这套文集散文卷中的很多作品。我用时间的树枝搭起了这个文字的喜鹊窝。喜鹊本是单调的凡鸟，只有黑白两色，全无时尚的外观。它的窝也是粗糙和朴素的，甚至有一点边设计边施工的乱七八糟。不过，我在这个窝中垫入了一缕缕羽毛，它们来自我沧桑的岁月和我温热的心房。

苍凉的生命

面对荒凉的山口、孤独的废墟和沙暴盘旋出的昏暗，她第一次懂得了什么叫作博大和苍老，懂得了一个古老的民族被消失的辉煌和重新崛长的祈望。

群山在壮丽的阳光和湛蓝的天幕下沸腾，每一块岩石和每一朵冰雪，都固执地保持着它们凝固时的模样。极端的严寒，极端的缺氧，极端强烈的紫外线，极端艰苦的跋涉……她的眼泪在某一处悬崖上，凝成了椭圆形的冰粒，至今还悬挂在海拔 6000 米的峭壁上。然而，苍穹和高原，是她终生眷恋的诲人不倦的尊者，它们哺给她短暂的生命和宇宙的无涯。

当一个 16 岁的少女，几乎在一无所知的情况下，告别了北京——这个当时中国内地最先进和繁荣的城市，跋涉万里，到达了青藏高原最边塞和最险恶的山峦之中，她所感到的恐惧和震惊，她所经历的心理跌宕和起伏，即使在 30 年之后的今天，每于暗夜中想起，也常常不寒而栗。

11 年后，她从西藏回来了。回到她自幼生活的城市，回到她的亲人和朋友中间。她觉得自己有一种分裂之感，有时会在安逸温暖的家中，突然不知自己身在何方。在那一瞬，她灵魂出窍，思绪如烟，飘到九霄云外。

她的神魄又回到雪山上去了。在那个特定的时期，在那个遥远的高耸的地方，发生了一些事情。它们被呼啸的风雪掩埋，成为冰的木乃伊。如果没有人提起，注定永远无人知道。这个当年的女生，现在已经不年轻的女人，经历了这些事情。它们在她的血液中游走着，带着尖锐的冰凌，拒绝融化。她的脑子也因为缺氧，发生了一些不妙的变化。那些记忆绞缠在一起，编成了一条鞭子，在催促着她，做些什么。

于是，她开始尝试着写作。她是一名医生，给人开药方是很内行的，甚至可以说她是个受人尊敬的好医生。可是，写作完全是门外汉。好在她还算勇敢，心想，常用汉字就那么几千个，我都会写（当然，有时也有错别字，但大的意思还是有把握的）。只要能把所思所想所感所悟写出来，对得起那段岁月即可。

于是，她就在一个平平常常的傍晚开始了写作。她写得很快，因为都是自己熟悉的事和人。他们在她的文字中说笑行走，哭泣和攀登。她所要做的事，就是把他们大体地记录下来。所以，她觉得写作的过程不像有人说的那样苦，倒像是被一根魔棒击中，时光倒转一下子回到了从前——她要感谢写作这根魔棒才对。当她把生平第一部中篇小说写完，她很高兴，觉得把一笔对于雪山的债还了。

小说没有名字。她想，故事是发生在昆仑山的，所以，名字里一定要有"昆仑"两个字。这个方针一定下来，她就发觉自己面临一个大难题。因为"昆仑"这两个字是很重的，它们出现在题目里，就像两个巨无霸，谁能和它们匹配着，肩并肩地屹立在小说的第一行呢？

好像有一架巨大的天平，她不由分说地把"昆仑"两个砝码，压在了天平的这一边。在那一边，要有怎样沉重的字，才能镇住天平的均衡？她无奈地想到了，要不，以多胜少吧，用三个甚至四个五个字，来抵住"昆仑"的雄风吧。

想了半天，没结果。她有点发愁。她有个习惯，一到了想不出办法的时候，就睡觉。她会在睡觉之前，把那个难题在脑海里重复一遍。好像脑海岸有一片沙滩，海浪扫过之后，洁净平滑舒缓阔大的样子。她把"昆仑"两个字刻在脑海的沙滩之上，就安稳地睡去了。

那一夜，她睡得很好。当她醒来的时候，她就真的有了一个题目。那个题目是在梦中出现的，只不过它不是镌写在海滩上，而是呈现在一块石板上。好像乡下的孩子读书时用的那种青石板，用乳白色的石笔写下了——"昆仑殇"三个大字。（现实中，她从来也没有用过那样的青石板，真奇怪。）

她有点不解。因为"殇"是个冷僻字，在她当医生的生涯里，不曾用过这个字。印象中，这个字，孤独地弥漫在两千年前楚国悲壮的挽歌中

不过，她确知，这个字组成的篇名，在这一瞬击中了

她。它是这篇小说天造地设的标题。她很高兴，她的潜意识像一头勤恳的牛，黑夜中，无声地帮她犁开了一片板结的土地。

聪明的朋友们，看到这里，你们一定知道了，文中的这个"她"就是我了。我就是这样写出了生平的第一篇小说，也就是处女作。

这些年来，每当有人问到我最喜欢的小说最满意的小说是什么？我都说，我还没有最喜欢的小说，因为我还不曾写出。我也还没有最满意的小说，也因为不曾写出。这样讲，有点俗气，但我真是这样想的，我就要这样说。我不能因为害怕人家说我俗气，就编一个瞎话。在说谎和俗气之间，我是宁要俗气的诚实的。同时，我每次都很自觉地告诉访问我的人，我说，我可以报告给你——我印象最深刻的小说，那就是《昆仑殇》。

有很多东西，不是因为它的价值高或是身世奇特我们才珍视它，是因为它其中蕴含了我们太多的心意和太久的眷恋。《昆仑殇》就是一部这样的作品。当我写它的时候，我毫无功利之心，完全是因为血液里的那些冰凌作怪，才匆匆动笔。如果说，在那以后的岁月中，我有时会以一个职业作家的习惯来从事写作，我可以坦诚地说，在《昆仑殇》中，我唯有一颗拳拳的赤子之心。

《昆仑殇》发表之后，获得了很大的反响。至今，我尚不能完全明白这是为什么。也许，那里太遥远了，那里发生的故事太悲壮了。也许，小说中描写了一种人类生存的极限，和一种在极限中的挑战与人性的苦难奋斗，渗入了人们心中柔软的死穴。

这不是我的能力，这是那座雄伟的高山，借我的手，传递了一点它的神髓。

我要感谢苍凉的西部。因为有了这样的经历，我的一生在某种意义上，变得不同寻常。

第一千次馈赠

我的第二本中短篇小说集出得很艰难。

当代作家中短篇小说集不好卖，人所皆知，特别是单人独马的结集，简直就是杀入大漠的孤军，极可能无声无息地湮灭于黄沙，于出版者是十分危险的决定。

对于出书，我本抱着无可无不可的态度。能出自然好，出不了也很好。我之所以写作是为了喜爱，既然我的作品现在可以在杂志刊物上发表，那就应该知足了。但许多朋友和读者向我要书，要得多了，也令人心烦。作为一个作家，向他人提供作品，就像人们路过一片瓜地，看瓜的老汉要给大伙儿杀西瓜吃一般正常。你要是提供不出这个瓜来，大伙儿就觉得你小气或简直就是失职。为了使人们不失望，更为了使自己省去一次次复印作品的麻烦，就去同出版社商量。

大智大勇的编辑，决定为我冒着风险出这个集子。我选出若干用心之作，送到出版社。剩下的日子就是耐心地等待。等全国征订的数字，以决定开机印数。

那一阵的感觉有些奇特。在写作的间隙，偶尔会突然掠过这件事，心想那张印有我的集子内容简介的征订单，不知在哪一双睫毛长长的男孩女孩的眼睛下接受审查？我想自己应该暗暗祈祷人们的慈悲，以使那数字愈加饱满。但我真的很平静，心想听天由命，随它去吧。我甚至觉得自己是个寡情的人，人们都把作品比作孩子，我对这些个亲生子是不是也太漠然了？

征订数很快拢来了，记得是上千本。责任编辑很满意，说是在当前严肃文学大萧条的季节里，应算是好结果了。但他仍旧很为难地说，按这个数字开机，出版社会赔得很惨，希望我能买下 1000 本。

我当时怔了一下。我曾暗下过决心，绝不买一大堆自己的书，那是一个作家的耻辱。但面对着诚挚的编辑，我无法断然拒绝，支吾着说，待我回家去问问先生吧。

先生听了以后，淡淡地说，买吧。

我说，家里地方这样小，再摆上 1000 本书，夜里上厕所，不留神会绊一个跟头。

他说，慢慢就会习惯的。人可以习惯任何事。

我说，我不知道该把这 1000 本书如何处理。每天出来进去看见的都是堆积如山的自己的书，心里一定懊恼。

先生说，送人啊。

我说，我的人缘虽说不错，但绝没有多到有一千位朋友的险恶地步。这许多的书要送到何年何月啊

先生说，慢慢送吧。我想送上 20 年，终是送得完的。

接着出版社通知交订金，一下子要拿出几千块钱。我知道家里没有这个钱，就坚决地说，我不出书了。

先生像变戏法似的拿出一沓钱，说不必你担忧，我早已备好了。

我高兴地说，看不出啊，你居然背着我，攒下了这样大的一笔私房体己。

先生苦笑着说，我知道你希望我的私房钱越多越好，可惜这不是。这是咱们家准备今年夏天买空调的钱，现在只好挪用。

我说，你是想用全家人的汗流浃背，换来我的这本书？告诉你。纵使你愿意，我还不愿意呢！我不愿成为家庭的罪人。

先生说，家是三个人的。儿子，你过来，表个态。少数服从多数。儿子说，我愿意长痱子，来帮助妈妈出书。

那些天，我怒气冲冲。我觉得先生逼我到窘境，强加我一种负疚的沉重感。我拒绝同他说话，他就独自到出版社交了订金。

以后的日子里，我们假装没发生这件事，说话的时候都回避它。先生到街上的书摊打听过代销的规矩，询问过各单位能否买一些。但都是悲观的信息，我在暗中看着他忙活，痛惜交加。

等待中，还发生过这样一件事。我到一座边远的矿山采访，矿长说他很喜欢我的作品，要我赠他一本。回京后，我把几部小说复印了寄他，解释说现在出书很困难，请他原谅。一天晚上，我突然接到一个陌生人的电话，说是从那个遥远的矿山来的，有急事要见我。我赶到招待所，那人拿出15000元现金对我说，这是矿长托他带给我的，以资助我出书。我拿着钱的手簌簌发抖，说我不要。来人说，如果你不要，我回去无法向矿长交代。我只好特意打了车，搂着那钱回了家，请示先生怎么办。

先生沉吟着说，人家是一片真心，我们也确实需要资助。但是你打算怎样办呢？无论你做出怎样的决定，我都尊重你的想法。

我说，这钱我是万万不能要的。我因为爱好而写作，我不希望被人施舍和怜悯，甚至也不需要关怀。尽管是善意也不接受。

先生说，那好吧。接下来具体的步骤是——这钱怎么处理？我说，从邮局寄回去吧。

几天后，先生对我说，你知道一张汇款单最多能寄多少钱吗？

我说，不知道。

先生说，是5000元。这样我一共填了三张电汇单子，才算把这事办妥。邮费加电汇费共用了150多元才完璧归赵，你的赞助者增加了我们的困难。我们对视着，笑了一下。

后来那位矿长给我来了一个电话，他们那里不通程控，音量极小，他在电线的那一端声嘶力竭。

他怒气冲冲地说，毕作家——你把钱退回来了——我很难过。你是到过我们矿的，你知道我们出产的那种金属，伦敦金属市场现在的价格已经是每吨四万多元了。我只要掰下一块矿石，就可以出一本很好的书——你为什么要拒绝?！

我说，矿长，正是因为我下过矿井，看到过矿工如何挖矿，我知道你们的每分钱都来得太艰辛。所以，我不能要你们的钱。

他说，你不要我们的钱，这几天我一想起来就很难过。我说，我若要了你们的钱，我会难过终生。

电话断了。我不知道是风吹断了电线，还是矿长掼下了电话。

那个夏天，是我记忆中北京最炎热的夏天。我已换成电脑写作，深刻地体会到这是一个非常娇气的家伙，你不怕热，它却怕热。我把电扇对着电脑吹，机身还是热得像面包炉。先生说，我纵是不心疼你，我还心疼机器呢，你还是停止写作吧。我说，这就是不买空调的后果。

先生说，说什么都晚了，书就要印出来了。

书终于印出来了。先生交足了 1000 本的书钱，从出版社提了书，搬运回家。那些日子，我家楼前正好挖暖气沟，车子开不过来，书就卸在土沟对侧的塄坎上。连我 65 岁患病的母亲也下楼来帮我搬书。我再三劝阻，她说，我拿不了多的，一次只拿两本总是可以的吧？我和先生怀抱着从胸口堵到眉梢的书垛，眼睛从书的两侧轮番窥视着横在壕沟上的窄木板，一趟趟耗子搬家似的运书。

1000本书摞起来的体积相当于双开门冰箱。家里实在是没有地方，先生就把书像炸药包似的堆在楼道里。我说，这恐怕不大好吧，居委会三令五申地不叫乱摆乱放。先生说，咱们同邻居好好说说，大家会谅解的。

我真心感激我的邻居们。他们把公共的地方容我放私人的书，而且每次打扫楼道的时候，都小心地不把水溅到书堆上，使最底层的书直到今天还干爽如新。

现在，我们要开始最艰难的工作了——送书。

我把从小学到中学到读研究生时所有的同学，从西藏到新疆到北京当兵时所有的战友，从当助理军医到军医到主治医师时所有的同事，从初次写作到今天结识的所有文学界师长和朋友的名字，列了一个漫长的表。我和先生在灯下写呀写，包呀包，捆呀捆……夜夜劳作，好像一个手工作坊。

清晨，先生上班的时候，拎一只大大的网袋，里面都是待寄的书。那些书捆扎得并不彻底，暴露着一个个缺口，是为邮局检查准备的，显得沉重而凌乱。

见他总是操劳，我于心不忍，也去邮局操作了一回。正是春节前夕，邮寄印刷品的人如火如荼，为了寄十本书，整整耗费了我两个小时。从此，我知道先生为我付出的光阴不是一个小数字。

有一阵子，我给人送书简直到了如醉如痴的地步。一位读者写信说她和远在澳洲的女儿喜欢我的小说，但是买不到。我立即包了两本寄去。母亲说，寄一本也就是了，两个人轮换着看嘛。我说，还是寄两本吧，把书送给一个喜欢读的人，是这书的缘分啊。

每当我包书捆扎的时候，母亲就面露心痛之色。我寄出一本，她就说，嗨，一条大鲤鱼游走了。我寄出两本，她就说，一只烧鸡飞跑了，一边叹气一边摇头，嘟囔着说他们都讲喜欢你的书，可为什么不寄钱来呢？好像你的书是土里自己长出来的呀。

我就说，噢，妈妈，您好小气啊。

书堆像雪人似的，渐渐坍塌下去。有一天，先生说，我看用不了 20 年，你就会把这些书送完的。我说，努力争取不懈奋斗吧。

当我送书给人的时候，人们通常说，谢谢您。我总是由衷地回答，别客气，我谢谢您啦！人家就奇怪了，说您送书给我们，为什么反过来谢人呢？

我说，因为您接受了我的书，我家的地方就会宽敞一些，我当然要谢您了。大家就以为我是幽默，其实我是诚心诚意的。

终于有一天，先生对我说，我看你送书的速度可以减慢了。我松了一口气说，那好那好。先生说，我们的存书已然不多。我说，反正我们的朋友也送得差不多了。

先生说，也许将来有一天，你会发现这些书已全然派送完了，却忘了送给一个最重要的人。

我吃了一惊说，哪里会有这种事！我是一个很念旧的人，对朋友总是铭记在心。假如我遗忘了谁，请你务必提醒。

先生说，这个人就是我啊。我立时肃然起来。抽出一本印制得最清晰的书，压膜没有一丝气泡，书面平整如水。端端正正地写上他的名字。先生珍重地收好。

整个交接过程，我们没有说一句话，默然得如同路人。毫无疑问，这是我这一千本书里最后也是最重要的馈赠。

独自远行的职业

热爱文学在青年当中非常普遍，想把这一爱好，逐渐升级为自己的终生职业者，也大有人在。据一位在报社工作的朋友讲，他们曾发起过一个征文，题目是"我的理想职业"，收到的稿件中，90%的人表示自己想当一个文学家。

青年人选择职业，爱好肯定是极为重要的因素。但是，仅仅有爱好是不够的，还要有很多的东西。其中有一条，就是对你期望从事的这一行业，有比较清晰的了解。

文学是以语言和文字为工具的。作为本民族共享的资源，很多人忽视了它的特性。对于语言的感受，人与人之间有很大的差异和弹性。粗浅的掌握，能表达最基本的意思，便可达到一般交往和沟通的目的。但是作为文学艺术家的语言，必须有独到的特点和强烈的感染力，有时，更需将"人人心中有，人人笔下无"的境界，精彩地重现出来。

由于语言和文字的非功利性，使很多人无意中忽视了它的复杂和庞大系统。人们通常承认绘画和音乐，是需要对颜色和音符的特殊觉察力，却以为人人张口都能说的词语，是浅显和不需要精雕细刻的。这是一个误区。

多年以来，我收到过很多青年人的来稿，有些简直连基本的语法都欠缺，却痴迷文学一心要成为旷世的文学家。我觉得他们大意轻敌了，忽视了文学对语言素质的精妙要求。

再一点，从事文学事业，要求对人类的心灵的探索，有持久的非功利性热爱。语言是沟通人与人的心灵最便捷的桥梁。有些写作的人标榜"写自我"，以为只是把自己的所想所思自然主义地记录下来，文章就浑然天成了。其实，文字写出来，除非你藏之深山，且不准备身后发表，否则，只要你一拿给别人看，交流就开始了。一个好的文学家，必得对人类的普遍生存状态和特殊的心灵感受，有着持久广泛的关注，他不但能觉察到自己的痛苦，而且能够体验到他人的心灵。在这种交流中，完成人与人的共振与温暖，否则就是一厢情愿的痴人说梦。

写作的硬件需求比较简单，一支笔一张纸足矣，可谓成本低廉。这也就使得很多人误以为写作是可以一蹴而就的。不少年轻人把一种青年时代对社会的朦胧向往和自我的精神苦闷，宣泄到用语言组织成的流淌中。这也许是一种不错的自我疏导，但距离真正的文学作品，还有一段不短的距离。

写作需要大量的时间投入。尤其在初始阶段，没有经验的新手，需要反复地摸索和操练。虽然有少数一举成名的幸运儿，但这一专业的基本规律是投入产出的不成比例。它的成品几乎没有中间状态，要么发表，要么废纸，很多心血可能付诸东流。

写作的过程是一个持续的孤独状态。即使在计算机如此发达的现代，也尚未制造出一台可以独立写出小说的电脑。写作几乎是人脑的特权，而在这一工作状态中，你注定独自前行。也许你的家人会在深夜为你端上一杯滚烫的咖啡，你会感受到他们关切的目光，但你面对稿纸的时候，依旧是无可排解的孤独。

写作这一行业，注定了孑孓一人。无论你是大师还是初学者，你都是独行侠。

还有经常伴随的挫败感。你完成了一部作品，喜悦飞上了眉梢。但是，新的挑战又在不远处等待着你。每一篇作品都是新的，上一部的精彩对这一部的成功几乎没有任何关系，总是从零开始。写作是没有老本可吃的，读者是宽容的，更是苛刻的。你不可重复他人，你也不可重复自己。

写作是年轻人的事业，因为年轻的心特别敏感，他对世界的感知和认识，都有不同凡响的独到之处。他对语言的细致察觉和交流的迫切性，都使文学成为永恒。国内近来每年长篇小说的出版量都达到了数百部，新华书店的读者流和销售额屡创新高，因特网上更有无数的文学小屋以供练笔。据称，全国报纸副刊每天对散文的需求量是 1800 篇……文学的疆域不断拓展，展现出了前所未有的魅力。

我还想谈谈文学的危险性。首先，它是一项成功概率很低的事业。以中国大陆为例，通常以加入中国作家协会，作为中国作家的行业认可。那么，对于有着13亿人口的中国来说，只有5000名中国作家协会会员，它的比例是1/26万。在美国，自然投稿的命中率是0.03%。著名的作家海明威曾对他的儿子讲过：写作这种才能，在几百万人当中才有一个……

其二，中国历来有文字狱一说。

其三，写作收益较低，除了极少数畅销书作家以外，大多数作家处于相对贫困的状态。作家呕心沥血写出30万字的长篇小说，投到国家出版社，荣幸发表，在正常情况下，获得的报酬只有几万元（还未扣除几千元税款）。中国虽然加入了世界版权保护的伯尔尼公约，但对于版权的保护，还相当不完备。

如果一本书畅销，盗版立即蜂拥而至，作者个人无还手之力，面临颗粒无收的局面。

其四，写作对身体的损耗较大，腰椎、颈椎疾病多发，神经衰弱、失眠更是常见。积劳成疾的大有人在。

其五，在一个商业宣传气息浓厚的时代，一部真正好的作品，有时并不会即刻得到好评，需要更广泛的时间和空间的考察。外界的评奖和评介，有时并不公正，不能恰切地反映作品的内在质量。这就需要作者有更坚强的自我评价体系，排除干扰，潜心创作，宠辱不惊，创作出真正无愧于时代和人心的好作品。

文学是一条充满了诱惑和挑战的孤独之路。在它的周围，长满了美丽的鲜花和狰狞的荆棘。如果你有足够的勇气和准备，就请在一个洒满露珠的早上，独自远行。

快乐的爱好

我是业余作者出身，所以对基层爱好写作的朋友们，有特别的认同感。每当我看到业余作者的集子时，心中都感到十分亲切。

每一个行业都有它的特殊点，我们在八小时以内的时间，这些特殊点就是主流，研究航天飞机和卖糖果的，所谈所想的肯定不同。但八小时以外的时间，大家又都是一样的人，有着相通的喜怒哀乐。业余作者每一篇文章的写作，或在深夜或在黎明，都凝聚着思索的印痕和耕耘的劳累。在一天和枯燥的数字打交道之后，沉浸在对历史的回顾和对未来的畅想中，那种云游八方驰骋万里的精神航行，是别一种的体验和享受。

国外有一家很有名气的牙科医学院，培训一位牙科医生，要用整整七年的时间。据说，新生入学的第一天，教授讲的第一课，就是询问——你有什么业余爱好？很多以优异的成绩考入该校的学生都说，他们除了一心一意地读书学习，没有其他的爱好。

教授语重心长地说，如果你们没有什么足以让自己倾心快乐的业余爱好，那你们就要从入学的第一天，开始培养这种爱好。这不仅是为了你们自身的身体健康，更是为了你们的病人。

学生们不解，齐问这是为什么？教授说，因为牙科医生，是一种很枯燥的工作。你一生的工作领域，就是病人嘴巴那么大的一块地方。就是 32 颗牙齿。如果你没有一项足以让你的生命得到滋润的业余爱好，那么，在长期的枯燥的工作中，你的精神就会被磨损以致枯竭。所以，从你个人的健康和你的工作的质量考虑，你都要建立起一项快乐的爱好。

文学，就是能给人以这种持久快乐的精神驿站。

择书秘诀

　　小时，送一位得病的同学回家。因为天晚，我赶不回住宿的学校，就住在她家的书房。她老爹是搞音乐的，我睡的沙发被顶天的书柜包围着，里面都是有关音乐的书，黑暗中像壁立的石崖。在我以为音乐书就是简谱歌本的心里，引起大震惊。

　　后来我结识了一位学化学的朋友，才知道这世界上有关化学的书，可以拉几个火车皮。

　　再以后，我到了一家搞经济和金属的公司，对于他们汗牛充栋的经济和冶炼金属的书，已是见怪不怪了。

　　世上的行业越分越细，有关的书就越来越多。古代的诗人说"读万卷书"的时候，全世界书的总量，大约还是能够统计出来的（当然要有耐心）。现如今信息爆炸，书的总量肯定是一个天文数字，再也没有人敢去计算了。

　　面对着恒河沙数一般的书，怎么读呢？

　　朱光潜先生说过："任何一种学问的书籍现在都可以装满一个图书馆，其中真正绝对不可不读的著作，往往不过数十部甚至数部。"

怎么在这浩如烟海的书中，找出那些最优秀最值得一读最对自己脾气的书呢？

对于以前的书，我们好歹还有时间这只公正的胳膊可以依傍，风起云涌的新书，更令我们双眼迷离。万般无奈之下，总结出几点择书的诀窍，平日是绝不敢对别人谈的，恐遭人批判。今日斗胆写在这里。

一是不看最新的书。

最新的不一定是最好的。我不愿做第一个吃螃蟹的人，心地很是自私。愿自家在暗处躲着，看别的英勇的人去吃，然后注意地听其中有智之士的言语。待人家说好，这才找了来看，颇有投机的意味。好处是可以节省自己的时间，避免无谓的消耗。坏处是当别人津津乐道某一部书坛新秀时，自己丈二和尚摸不着头脑，一派混沌。议论时，若是那一瞬诚实心理占上风，就鼓足勇气说自己还没有读过；虚荣占上风时，就哼哼哈哈地敷衍几点从他处拾得的牙慧，遮掩自己的落伍。

二是不相信报纸杂志上的书评。

这招虽恶，然也是积攒了许多教训才得来的。早先是信的，且不是一般的信，真是信得忠心耿耿，听人说了哪本书好，千方百计地买了来。但很失望了几次以后，就渐渐狡猾起来。鉴于贿买书评的消息时有所闻，出版社为招徕读者，也常做自吹自擂的游戏，朋友间的友情出演也是屡见不鲜……凡此种种，我都可理解，报以一笑。如今的文人不容易，出一本书不容易，希望闹出些声响也是情理中的事。但既已知了路数，要我仔细去看那背景叵测的评论，终是心有余力不足了。这种"打击一大片"的狭隘观点，弊病自是不用讲了，我冤屈了不计其数的好评论，晚看了不计其数的好书，也是罪有应得的下场。

三是在自家心中列了一个秘不传人的黑名单。

无论中国外国，有一些人的书，我是一定不读的；有一些人的文章，我是一定不看的。这并不是依了某种政治或是艺术的神圣标准，只是自己的癖好。也不是从一开始就这般决绝，最少需看过他三次，才肯下这打入冷宫的狠心。我对任何一种第一次接触的风格或领域，都格外认真，仿佛对待一块挖自深山的宝玉，是慎之又慎。倘若不喜欢，一定是责怪自己的浅薄，无法理解其中的微言大义。第二次读时，就换一个更舒适的姿势，寻一个更安宁的时间，酝酿一个更清明的心境。倘还不热爱，第三次就需正襟危坐，殚精竭虑如履薄冰地皱着眉咬着牙地思索着读下去……但事不过三，假若最后还是看不懂，不喜欢，我一边咒骂着自己的弱智，一边痛下决心，含泪同这位旷世的奇才告别。除非将来谁告诉我，这位天才发生了翻天覆地的变化，我才有胆量重试一遭读他的书。一般情形下，那黑名单是终身制的。

这法子的恶果真是太硕大了，我同多少俊杰交面复失！然伤感之余，想到人读书的口味也和那个爱得溃疡的胃有些相似，某些食品虽是公认的好，比如辣椒，但自己不喜欢，也没法受纳。

说了这许多"不读"的清规，那自家根据什么来选"读"的篇目呢？说来惭愧，遵循的是古老极了手工极了简陋极了迟钝极了的土方子。

这就是有学识有肝胆不媚俗不功利的师长与朋友的口口相授。

倘他们说某一本书值得一读，便是踏破铁鞋也要寻到。

再有就是独自在书海乱翻。拣到一本，先像化验游泳池水是否清洁一般，任意取几个样——把书翻开，随便读几段；然后再看结尾，我以为一个好的结尾比开头更能说明作者思维的深度和控制的力度；最后再装作无意其实非常认真地看一眼价格（即使对于图书馆的书，我也会看）……

凭的是冥冥之中与某本书的缘分。

阅读是一种孤独

阅读的感觉难以比拟。

它有些像吃。对于头脑来说，渴望阅读的时刻必定虚怀若谷。假如脑袋装得满满当当，不断溢出香槟酒一样的泡沫，不论这泡沫是泛着金黄的铜彩还是热恋的粉红，都不宜于阅读，尤其是阅读名著。

头脑需嗷嗷待哺，像荒原上觅食的狼。人愈是年轻的时候，愈是贪吃。随着年龄的增长，我们吃得渐渐地少了，但要求渐渐地精了。我们知道了什么于我们有益，什么于我们无补。我们不必像小的时候，总要把整碗面都吃光，才知道碗底下并没有卧着个鸡蛋。我们以为是碗欺骗了我们，其实是缺少经验。有许多长寿的人，你问他常吃什么食品，他们回答说，什么都吃，并无特殊的禁忌。但有许多东西他们只尝一口，就尖锐地判断出成色。我想，寿星佬的胃一定都是很坚强的，只有一个坚强的胃才能养活得了一个聪明的脑。读书也是一样，好的书，是人参燕窝熊掌，人生若不大快朵颐，岂不白在世上潇洒走过一回？坏的书，是腐肉砒霜氰化物，浪费了时间贻误了性命。关于读什么书好的问题，要多听老年人的意见，他们是有经验的水手。也许在航道的选择上有趋于保守的看法，但他们对于风暴的预测绝对准确。名著一般多是经过了许多年代的考验，是被大师们的智慧之磨研磨了无数遭的精品。读的时候，像烈火烹油的满汉全席，为大享乐。

它有些像睡。我小的时候，当我忧愁，当我病痛，当我莫名其妙烦躁的时候，妈妈总是摸着我的头说，去睡吧，睡一觉也许就好了。睡眠中真的蕴藏着奇妙的物质，起床的时候我们比躺下时信心倍增，阅读是一种精神的按摩，在书页中你嗅得见悲剧的泪痕，摸得着喜剧的笑靥，可以看清智者额头的皱纹，不敢碰撞勇士鲜血淋淋的创口……当合上书的时候，你一下子苍老又顿时年轻。非薄的纸页和人所共知的文字只是由于排列的不同，就使人的灵魂和它发生共振，为精神增添了新的钙质。当我们读完名著的最后一个字时，仿佛从酣然梦幻中醒来，重又生机盎然。

它有些像搏斗。阅读的时候，我们不断同书的作者争辩。我们极力想寻出破绽，作者则千方百计把读者柔软的思绪纳入他的模具。在这种智力的角斗中，我们往往败下阵来，但思维的力度却在争执中强硬了翅膀。在读名著的时候，我常常在看上一页的时候，揣测下一页的趋势。它们经常同我的想象悬殊甚远，这种时候我会很高兴，知道自己碰上了武林中的高手。大师们的著作像某一流派掌门人的秘籍，记载着绝世的功法。细细研读，琢磨他们的一招一式，会在潜移默化中悟出不可言传的韵律。只是江湖上的口诀多藏之深山传之密室，各个学科大师们的真迹却是唾手可得。由于它的廉价和平凡，人们常常忽视了它的价值。那是古往今来人类最智慧的大脑留给我们的结晶啊！我一次次在先哲们辉煌的思辨与精湛的匠艺面前顶礼膜拜，我一次次在无与伦比的语言搭配之下惊诧莫名……我战胜自己的怯懦不断地阅读它们，勇敢地从匍匐中站起。我知道大师们在高远的天际微笑着注视着后人，他们虽然灿烂却已经凝固。他们是秒表上固定了的纪录，是一根不再升高的横杆。今人虽然暗淡，但我们年轻。作为阅读者，我们还处在生命的不断蜕变之中，蛹里可能飞出美丽的天鹅。在阅读中，我们被征服。我们在较量中蓬勃了自身，迸发出从未有过的力量。

阅读是一种孤独。几个人共看一本书，那只是在极小的时候争抢连环画。它同看电影看录像听音乐会是那样地不同。前者是一块巨大的生日蛋糕，可以美味地共享，后者只是孤灯下的一盏清茶，只可独啜，倾听一个遥远的灵魂对你一个人的窃窃私语。他在不同的时间对不同的人说过同样的话，但你此时只感觉他在为你而歌唱。如果你不听，他也不会恼，只会无声地从书页里渗出悲悯的叹息。你"啪"地合上书，就把一代先哲幽禁在里面。但你忍不住又要打开它，穿越历史的灰尘与他对话。

阅读名著不可以在太快乐的时光。人们在幸福的时候往往读不进书。快乐是一团粉红色的烟雾，易使我们的眼睛近视。名著里很少恭维幸运的话语，它们更多的是苦难之蚌分泌的珍珠。

阅读名著也不可在太富裕的时刻。阅读其实是思索的体操，富裕的膏脂太多时，脑子转动得就慢了。名著多半是智者饿着肚子时写成的，过饱者是不大读得懂饥饿的文字的。真正的阅读，可以发生在喧嚣的人海，也可以坐落在冷峻的沙漠。可以在灯红酒绿的闹市，也可以在月影婆娑的海岛。无论周围有多少双眼睛，无论分贝达到怎样的嘈杂，真正的阅读注定孤独。那是一颗心灵对另一颗心灵单独的捶击，那是已经成仙的老爷爷特地为你讲的故事。

从今天傍晚开始

喜欢文学，是从喜欢读书开始的。对于一个孩子来说，最容易得到的书，莫过于课本了。但读课本的感觉比较复杂，像一种奇怪的果子，刚开始品尝时有一点点甜，你可以结识一些新鲜的故事，但这种喜悦很快就会消失。你要学生字，要划分段落大意，要听写，要背诵，加之无穷无尽的考试和考试之后的惨痛记忆——涌上舌尖的就是不尽的酸楚和苦涩了。

课本常常不是使我们更爱文字，而是怕它了。

我坚信每一个孩子天生都是爱读书的，就像孩子都爱学习说话一样。你看到过一个婴儿拒绝牙牙学语吗？他虽然那么幼小，学得竟是那样执着努力。我猜，他一定在这一过程中，从了解别人和让别人了解自己的感觉里，得到奇异而巨大的快意。

读书是精神的再一次牙牙学语。你可以从他人的智慧里，领悟到更广大的世态和人情。古往今来那些动人心魄的文字，把我们的耳朵拉长了，听到了遥远地域和年代的回声，使我们的视力像喜马拉雅鹰一般锐利清晰起来，笔直地穿透尘埃洞察秋毫；使我们生命线的两端射线般地抻延，触及今生今世我们未必能有机会亲身体验的人类复杂的情感深处；使我们的心智丰盈和强韧，迸射出更热烈的光华。

和热爱成长的婴孩一样，听得多了，你就有了想说的愿望。把自己的心语倾吐出来，在茫茫人海中寻觅相似的感动——我不知道别人是因何而动笔写作的，在我，是因为一种孤独赶路的寂寞和对于人生的悲悯关爱。

由读而写，由写而读更多的书，是一个散射温暖光芒的圆形轨道，它旋转的引力召唤着我们，每一个时刻都敞开着，接纳热爱者的从容楔入。无论是读书还是写作，都可以从今天傍晚开始。

我为什么要学心理学

学习心理学是生命的福祉

心理健康是健康的标志之一

1946 年，世界卫生组织在成立宪章里对健康是有定义的。什么是健康？"健康不仅是没有疾病，而且是生理上、心理上和社会适应上的完好状态。"仔细分析起来，所谓健康有三个方面，一个是生理上，一个是心理上，还有一个是我们对于社会的适应性。大家现在对生理上的健康已经越来越重视了，对自己的心理健康呢，可能还没有这么重视。其实心理是无时不在的。你选择坐在什么位置上就有讲究。如果不对号入座的话，坐在前面的人，通常每次都会坐在前面。而坐在后面的人呢，基本上也会每次都选择坐后面。我有一个朋友，特别爱送别人围巾。我说我觉得你对围巾的爱好超过一般人。她说对呀，她小的时候丢过一次围巾，在一个很寒冷的冬天没有了围巾，那天是又慌乱又冻得够呛。以后一直觉得围巾很美丽很温暖，所以特别喜欢送给朋友们围巾。再比如讲，今天在场有很多的妈妈，你对自己的孩子是什么样的态度，其实常常和你妈妈对你的态度是一脉相承的。我这样说其实想表达的是——心理是无时无刻不在的。

心理，无时无刻不在

怎么判断自己的心理是否健康？我觉得当今中国，整个社会的进步和发展到了一个从温饱向小康转变的过程，在这个过程里，关注人的心理健康，是社会和谐进步的要求。我很喜欢这样一个图表，现在我在这里比画一下（平伸双臂，像个大大的"一"字），好比这是一条线，在我的手臂这一端（左手边）是精神病患，在我的手臂另一端（右手边），是心理超常的好，中间呢，就是正常人。传统心理学的工作范围比较集中于正常人和精神病的交界区，努力使精神病人变成正常人，使正常人不要因为心理疾患演变出精神方面的疾病。社会在发展，时代在进步，现代心理学的工作范畴更加宽大了，不仅仅集中在预防、治疗精神疾患方面，而是努力让每个人的心理更健康，让人人朝着心理超常的方向努力，这就是心理学的魅力所在。这让正常人心理上有一个更好的调整，到达更和谐有力量的状态。宇航员杨利伟就是一个心理健康状态超常的人。在各种场合，我从没看到过他有不镇定的状态。人们看到的只有那种冷静，那种恰如其分的平稳。心理状态体现在方方面面。比如学生考试成绩不好，妈妈说，我的孩子就是心理不过关，考试时紧张，原来会的也不会了。运动场上也是这样，运动员大赛时的成绩不理想，在寻找原因的时候常常会说——我们不是输在技术上，是输在心理上。不是技不如人，是在关键时刻心理没有调整好。现在在选拔干部、招聘员工、大学生入学的时候，也常常会有心理测试，说明大家对这方面越来越重视。

人应该明白自己需要什么

从一个更大的方面讲，根据马斯洛的需要层次理论，人的需要从低到高可以分为："生理需要""安全的需要""归属和爱的需要""尊严的需要"和"自我实现的需要"。好比一个金字塔，最底下一层是温饱，如果连温饱都没解决，就很难再去讨论那些更为遥远的事情。人在解决了温饱后，就会想到给自己的窗上钉一个栏杆，要搬到一个保卫更严密的小区里，这是安全的需要。在安全的需要上面的层次是爱和归属的需要，到第四层的时候就是我们对于尊严的感知了，第五层是自我实现，要体现出自我的价值，充满创造性。我觉得有的人会成为贪官，在某种程度上就是因为他没有搞清楚自己需要什么？自己处于哪一层次上。他拼命敛财，解决的是一个温饱问题，其实温饱在他早已解决。现代中国，整个社会已经从温饱奔向小康，这时你就要看看，你现在在哪个层次上了。北京有一个单位约我去讲课，要我给检察官们讲讲为什么要做检察官，检察官都觉得工资有点低。于是我谈到了人需要什么的问题。我说作为一个为人民工作的人，一定要有高尚的道德，如果没有，你真的不要做检察官，世上的行业多得很，为什么要在检察官的位置上渎职去欺骗人民呢？后来我在私底下问他们，你们审过那么多的贪官，他们中有后悔的吗，检察官说，没有一个贪官不后悔的，有一个贪官尽管他受贿无数，在被判死刑的时候，他问，外面的天还是那么蓝吗？小磨麻油还是那么香吗？我的孩子怎么样了？——都是一些最基本的问题。所以，一个人去做让自己不安宁的事，对不起人民，也对不起自己，实在是一种愚蠢。因此，一个人要真正了解自己的精神需求。你自己现在到底要的是什么？如果你不解决这个问题，你将无从谈到你的幸福与快乐。

人为什么活着？

我在北京开有一个心理咨询中心，有很多人来，来访者和我谈得最多的一个问题是"人为什么活着？"。我的老师问过我一个问题：心理学的基础是什么？我当时答错了。我是做医生出身的，对医学情有独钟，我就说心理学的基础是医学。老师说，错了，心理学的基础是哲学。人为什么活着？这是一个看起来那么宏大乃至虚无缥缈的问题，实际上是那么点点滴滴地落实在我们人生的每一天当中。我读过美国前副总统戈尔和他夫人一起写的一本书，其中有一个小故事对我的影响非常大。

戈尔夫妇抱养了一条小狗，他们有一个朋友是驯狗师，于是他们把小狗抱去想请朋友帮着给训练一下。驯狗师说，好啊，但是在训练之前我要问你们一个问题：你们训练这条小狗的目标是什么？

这两夫妇就你看看我，我看看你，心想这有什么不好回答的？训练一个小狗的目标，当然是做狗了，肯定不是猫吧。驯狗师的脸色就严肃起来了，既然你们不知道训练这条狗的目标是什么，那么就请抱起它回家吧，我不能训练你们这条没有目标的狗。

朋友的这句话，让戈尔夫妇一个晚上都没有睡，非常严肃地讨论这条狗的目标是什么。后来讨论结果出来了——戈尔夫妇有两个孩子，还有一对养子养女，一共是4个孩子。他们希望这条狗在白天能够和孩子玩在一起；晚上，希望这条狗很警觉，能够看家护院。戈尔夫妇找到了驯狗师，说出了他们的想法。

经过训练，这条狗果然非常好，白天跟孩子们玩在一起，晚上就看家护院。后来戈尔说，"我常常在想，连狗都要有目标，何况是人"。

我看了这句话，心里很震撼。我们每个人都要问问自己——你要用人生这一份如此宝贵的能量、能力去做什么？这个你一定要确定，你有责任为自己确立人生的目标，然后去努力。

人的精神不能分裂

有人老问我当代人心理困惑的根源是什么。我认为是目标问题。你的目标是什么呢？小的时候是你爸爸妈妈或者是老师给你确立的；大了以后，是舆论，是压力。比如说目标是买房、买车，今年年薪是 10 万，明年我要涨到 12 万，或者是哪年哪月我要上哪里哪里去旅游……有人以为这就是人生的目标，而我觉得这是人生分解出来的具体步骤，而不是终极目标。目标不是别人灌输的，目标是自己定出来的。没有目标的时候，就像人生没有舵，你又怎么能够生机勃勃去度过你的一生，走过每一个艳阳高照的日子？在当今社会里，我常常觉得很多人是分裂的。我当医生的时候，第一次实习，各个科转，第一次转到精神科的时候把我吓坏了，我觉得太恐怖了，人怎么会变成这样？完全没有逻辑，那种情感的混乱，举止的怪僻，那种匪夷所思，把 20 岁左右的我吓蒙了。我和一位老医生对话，我说这么严重的病它的名字倒不怎么令人害怕。他说你说哪个名字不害怕？我说"精神分裂"啊，好像不太可怕。老医生的眼睛就瞪起来了，说你认为分裂还不可怕吗？后来我想了想，分裂真的是非常可怕，家庭分裂就是离婚了，大地分裂就是地震了，国家分裂、民族分裂，那是巨大的灾难。分裂的后果非常严重。我们一个人不要觉得自己的心理能量很大，人心是比大海、比天空更要辽阔的所在，可是如果你的心是分裂的，你的心就只有针鼻那么小。比如说我们所有的人都知道，过马路是不可以闯红灯的，可是我们在大多数的情况下是看看没车，没有警察，过吧。如果有人认真地按红灯停绿灯行的规则做了，我们会觉得他们很傻，而我们灵活多变。有一个朋友给我讲过一个故事：在德国一条很小的街上，有一个红绿灯。大家就站在路边等着红灯变绿灯。等了3分钟没有变，才发现这个灯柱坏了，没法变出绿灯。在确定红灯坏了的情况下，带队的德国人还是觉得不能过，他就开始拍那根灯柱子，拍的结果是那个柱子比德国人更顽强，依然是红灯，就是不肯变成绿灯。这个德国人想了想，说，我们不能在这里过马路了，我们只有走到另外一个街口，那个红绿灯是好的，它变成绿灯的时候我们才能过去。我后来跟一位外国朋友探讨过这个故事，他说你们笑我们傻，其实你们才傻。你怎么能把自己的命放在别人手里呢？红灯是不能过的，人家的车飞速开过来，他怎么会想到这个时候你会过来呢？这件事对我的教育很大。人的精神不能分裂，而应该统一起来。如果你相信真理，就要捍卫它，不能朝三暮四，没有坚定的立场。如果你渴望爱情和亲情，就要认认真真地去爱你的妻子和丈夫，爱你的孩子和父母。热爱你的工作吧，因为它可以让你光荣和骄傲，给你一种人生的价值感，而不仅仅是给你生活的便利。

谁是世上最幸福的人

上个世纪80年代，我在北京一家卫生所做医生，有一天我看到一个事，我觉得好惨。它说的是欧洲有一个国家的一个城市，面向社会广泛征询谁是世界上最幸福的人？答案像雪片一样飞到报社，报社就组织一个班子遴选，最后认为有三种人是最幸福的人。

第一，刚刚给孩子洗完澡的妈妈。第二，治好了病人在医院门口目送病人远去的医生。第三，在海滩上筑完沙堡，看着自己杰作的孩子。还有一个备选的答案：写完了自己作品的最后一个字的作家。

我看完了就傻了，当时心里的那种痛楚我至今都能感受到。为什么？我琢磨了一下，这四种情况我也集于一身，我也有一个孩子，给孩子洗澡那是必修课，那个时候家里没有洗澡的地方，我在自由市场买了一个6元钱的盆，然后把孩子放进去，就浑身揉，洗完了之后，就拿毛巾包好把孩子抱到床上。一点没觉得幸福，满头大汗。我基本上还算是一个好医生，我会很认真地听病人讲他的痛苦，所以我的前面老是有很多病人等看病，送病人走后，我基本上就想，可看完了一个了，赶快回头看下一个，因为还有不少人等着我。第三条是在海滩上筑沙堡，那时我虽然没有去过什么海滩，但是跑过去在人家的建筑工地的沙土堆上挖个洞什么的，这种事还是做过的，我觉得这一条稍有折扣，基本上也算完成过。那个时候我也写过一些作品了，作品写完之后我也没来得及享受幸福，想的是编辑要是退稿怎么办？四件最幸福的事集于一身却不幸福，我想这辈子没有指望了。人家都是通过投票选出来的幸福之事，我却没有幸福的感觉。一个人没幸福感，就是心理不健康。我觉得自己有毛病了。后来我终于认识到幸福其实不是那种惊天动地的事，不是敲锣打鼓的事，也不是别人把名分给你的事，幸福真的是我们生命当中那些温暖的瞬间，那些美好的时刻，那些让我们铭记在心、让人体会很久回味深长的真情。把这件事情想透了以后，如释重负。我决定改变，后来我写了一篇散文叫《如释幸福》。能够坐下来讨论幸福，这就是幸福啊。不要以为如果有了140平米的房子，我们有了年薪15万元，从开夏利改开宝马，我们就觉得是幸福，其实不是的。幸福是朴素的，是谁都不能代替的内心感觉，只有你自己来负责。幸福这件事，每一个人都要谋划一下，最大化我们的幸福。我们把自己的一生，一天一天，认认真真，仔仔细细，有滋有味地去过，我们幸福的时间就会很长很长，我们的幸福就可以最大化。

麦种缝入文字

时间好像一匹小马，你不可能让它昼夜兼程。当初我从北京师范大学心理学博士方向课程结业之后，和朋友们商议开办心理咨询服务机构之时，大家"约法三章"。关于时间的分配，我有言在先：每周至多只能两个半天，也就是说用少于六分之一的时间当心理咨询师，其余时间依然写作。同伴们爽快地答应了。刚开始一段还好，基本上我还能按照自己的时间表安排咨询和写作的节奏，但是随着人们的口耳相传，来找我咨询的人渐成规模。他们说我的咨询有神奇的疗效，一传十，十传百，有时前来问诊的人竟然把大厅挤得像自由市场。

我知道自己绝没有那么大的能力，要感谢的是那些来访者对我的真诚信任。他们自身的努力是一切改变得以发生的最基本的础石。形势的发展超出了预料，来的人愈来愈众，指名道姓要我做他们的心理咨询师。面对着一双双焦渴的眼睛和呼救的双手，我不得不把自己的写作全然放下，靠一杯杯咖啡振作精神、再接再厉。

中国太需要心理咨询了。我甚至觉得世界上最迫切地需要心理援助的国家，就是中国。因为我们的历史太悠久，因为我们的变化太急速。因为各种观念的碰撞太过激烈，因为选择的多样化让人眼花缭乱。因为责任的庄严和神圣，因为生活的法则你无可逃避。这一代中国人的心理，注定要经受长久的迷茫和剧烈的动荡，才能最后走向澄清和明朗。

我看到了泥潭中太多的挣扎，也看到了这挣扎之中人性微弱而顽强的闪光。我深感自己的力量是那样的微小，常常想到好似衔石填海的精卫，而人们需要帮助的心理需求如同无边无际的大海。在一天劳累之后，面对着新的工作安排表，我甚至绝望地认为自己连精卫都不如。精卫所填埋的大海虽然辽阔，毕竟还是有边有沿的，填一点就会少一点，但现实中人们对于自己精神需求的探索，则是无穷无尽的。海水还在不断涨潮之中，海岸线还在不断延长之中。

中国是一个大国，我们有着众多的人口。心理咨询学是一门年轻的学问，我们的心理咨询师是如此之少，时间是如此的宝贵而又时不我待。我反问自己：纵使一天化作1000个小时，纵使我马不停蹄地工作，分身无术的我又能解决多少问题呢？自顾不暇的我又能帮助多少人呢？

这时，我看到了自己的电脑和曾经写下的几十本书。我喜爱我们古老的文字，我尊崇它们所蕴含的意义和力量。我相信文字是心与心之间最轻捷和最稳固的桥梁，我知道在我的手指和脚印所无法抵达的地方，文字可以穿云破雾，携带温暖和光亮飘然降落……终于，当我的同伴对我说，现在已经是 11 月份了，3 月份预约的来访者你还没有安排，有的人已经打过几十个电话，我们让他们一等再等，几乎已无言答对。我对大家说，请你们原谅。当我把手里这些个案完成之后，我要退出心理咨询中心了。我要去写书，写几本有关人们心理健康的小册子。我要写得尽量有趣些，定价尽可能低廉些。书也许只卖一只盒饭加一瓶水的钱，我会在其中真诚地谈我的主张，也许会对一些需要听到不同声音的人有小小的帮助。

我正在实践自己的想法，有人说这是一个华丽的转身。我要稍微纠正一下，它一点都不华丽，只是一个朴素的掺杂着些许无奈的抉择。

做心理咨询师的经历，让我对人性有了较深邃的了解，同时也对自己有了较锋利的剖析。我把它们缝制到我的文字中，随风飘荡，好像一只只蒲公英的小伞，其中包含着春天会发芽的小小麦种。

朋友，如果你伸出手，就能接住它。

挖掘心灵第一图

一位睿智老人说，在每个人心灵深处，都珍藏着一幅对这个世界最初的印象。它储存在脑海的褶皱中，平时被繁杂的信息遮挡着，好像昏睡的幽灵，不理晨昏。但它是无所不在的，笼罩着我们，统领着每个人对世界的基本视点。好像一纸符咒，规定了我们探询世界的角度。

这话挺玄秘的，有点巫术的味道。我不服，挑战地问，可以当场试试吗？

老人很谦和地一笑，说，一家之言。你可以信，也可以不信。

我说，我恰好知道一个人的心底图像。您若说中了，我就信。

老人淡然回答，行啊。

我说，这个人啊，脑海里留下的最朦胧也就是最原始的印象是——一片无边的荒漠，尘沙漫天，苍黄渺茫。但他周围的小环境不错，好像是一个温暖的怀抱，有袅袅的香气环绕……

说完，我定定看着老人，且听他如何分解。

老人缓缓说，他的精神世界对立而单纯，沉重而简明。对世界本质的认识充满疑惧，觉得人力无法胜天。宇宙不可知。人是孤独渺小的生物，基调混沌而迷茫。但他还会快乐而努力地活着，时时感受到温情和带着暖意的希望，寻找一个光亮安静芬芳的所在……

说完后，老人问我，他是这样一个人吗？我抑制住自己的大惊异，说，对与不对，以后我再告诉您。现在，我最想知道的，就是您这种分析的基本方法。能教我一些吗？

老人说，少许心得，不值多说。有点占卜的意味，但并不是街头的摆摊算卦。首先，你让被试者静静地躺下，拼命想早先的事。意识好比柳絮，能飞多远飞多远。回忆的触角竭力向脑仁深处钻，最后变得似睡非睡似醒非醒，一片混沌最好。让人由眼前的明明白白，泡入米汤样的童年。到了再也沉不下去的时候，他的心里就会猛地浮出一幅画。让他把这幅画讲给你听，然后……

老人一一道来，我全身心紧急动员，照单接收。老人说，喏，基本思路就这些。剩下的事，看你的悟性了。我说，您可要传帮带啊。

其后的一段，我像个居心叵测的探子，不断启发诱导各色人等，把他们脑海中留下的原初印象，挖掘出来，一一告诉我，再由我转达老人。老人娓娓道出其中蕴含的深意，好似隔山买牛。至于那人真实生活中的脾气品行，老人完全不感兴趣，也绝不想知道。在他的眼里，每个人的图谱，就是性格之书打开的目录，他不过是读出来而已。

开头不顺利。第一位所谈，简陋得像撕下的小人书碎片。

那幅图像吗？好像是一个黑夜，不知是灯灭了，还是眼睛得了病，总之黑暗包绕……完了，就这些。他干巴巴地舔舔嘴唇说。

他那时黑暗，我此时也黑暗，到处像泼了墨汁，如何分析只好拼命启发他再想深入些。搜肠刮肚半晌，他补充如下：我摸着黑，仿佛找到一碗粥，就把它喝下去了。我妈妈走过来，眼泪洒在我脸上。很凉……喔，就这些，再也没有了。他坚决地结束了回忆。

真是老虎吃天啊。我沮丧地请教老人，老人说，唔，足够了。他是个悲观主义者，一生都在寻找。他对自己终极寻找的东西，究竟是什么，本人也闹不清楚。在这寻找的途中，他会得到温暖和利益的回报，他会很珍视亲情。但这些并不能缓解他寻找的焦虑，冲淡他与生俱来的悲哀，稀释充满他周围的茫茫黑色。

我频频点头。最终也没有告诉老人，那是一个苦苦求索的哲学家的心底图像。反正老人并不需要他人的验证。

一个矮小的年轻人不好意思地说，我的第一图像，似乎没什么好说的，支离破碎。那是我和我弟弟在抢被窝。你知道，我小的时候，家里很穷，打通铺，就是两个人合盖一个被筒。谁都想把自己盖得暖和些，就拼命把被子朝自己身上裹……就这些，整夜抢啊抢的。穷人家的被子，小，遮了这头捂不了那头。我比弟弟个大，总是占上风的时候多些。这就是全部了。

老人分析：这个年轻人竞争性很强，在他的眼里，弱肉强食是生存的基本状态。他信奉实力决定一切。因此他会不遗余力地为自己争夺尽可能多的物质利益和生存空间。但他一般不会害人，不会使用特别凶残的手段。在他的内心里，还残存着普天之下皆兄弟的道义。

实际情况：那年轻人个子不高，说苛刻点几乎要算其貌不扬了，加上家境贫寒，按照常理，该是比较自卑的。但他不，一点都不。整天意气风发精神抖擞的，上大学，考研生，什么都不落空。每当竞争的时候，他总是毫不退却，奋勇向前。计谋算不上很光明正大，但手段也并不太卑劣，懂得趋利避害，适可而止。也许是天助加上人和，他的运气一直不错。

一位依旧美丽的中年女企业家告诉我，世界在她眼里，是盘根错节的森林，热带雨林，遮天蔽日的。她在摸索着走，有时是爬，到处都是陷阱和叫不出名字的昆虫，很华丽也很狰狞……下着雨，很冷，有大毛虫发育成的极冷艳的蝴蝶在脖子后面盘旋……

我对这幅图像的真实性，抱有深刻怀疑。她祖籍北方，从未踏到北回归线以南。再说一个幼小婴孩，想象得出热带雨林的具体模样吗，还有毛虫和蝴蝶，这样复杂重叠的象征物，也是孩童鞭长莫及的。她的叙述，更像一场成人梦境，一个幻觉。但女企业家谈话时的郑重神态，使我无法贸然认定她在说谎。

老人听完我的转述与疑问，首先说，这是真实的。心灵的真实，不仅仅是亲眼所见，更多的时候，是一种浓缩升华后的感受。哪怕你说图像尽头，是一幅外星球人联欢的图画，我也确信无疑。人的感受有一种物质——无比忠诚。出于种种的利害关系，它可以欺骗别人，但它为自己保留下的图谱，却不会是赝品。这位对世界的看法，是荒诞奇诡而又不乏夺人心魄的诱惑与美丽，她应该擅长打拼，奋斗出了很好的成就，她好强，勇于挑战。但在不断的挣扎寻觅中，又感到巨大的孤独与人世的险恶。她臆造了一片热带雨林……

我无话可说。老人就像与那女人相识了一百年，用电脑扫描了她的整个人生，留下一纸谶语。

随着积累人们心底第一幅图像数量的增多，我渐渐发觉探索源头的奥秘，对每个人是一次心灵的剖析和飞跃。知道了自己眺望世界的基本视角，便有了揭示自身很多特点的钥匙。我们也许不能改变它，却可以因此变得更加理智和从容。

老人有一天对我说，你第一次对我描述的那个人，就是在沙漠中睁开眼睛看世界的人，是谁啊？你还没有告诉我。他说，那个人就是我。我母亲抱着我，行进在从新疆到北京天地一色的途中。

不要总想表现得比实际情况要好

当你企图在两个不同的自我之间游走时，你在生活中的形象就变得复杂混乱，你面临的形势也更加琢磨不透，甚至你的身体也无所适从了。

我们总是希图表现得比我们实际的情况要好一些。

好比我们小的时候，如果有客人要来，我们会被父母要求："你要乖一些啊！"等到客人走了，父母会说："好了，现在你可以放松一下了。"这些都是很平常的话，却在不知不觉当中留存了一个印象：你要在某些特殊的场合和人物面前，努力表现得比你实际拥有的状况更好。

什么是更好呢？

就是按照世俗的标准，我们要更聪明、更好学、更勤劳、更大度、更幽默、更有责任感、更勇敢、更……还可以举出更多的"更"，总之，是比你本人更完美。

这个主观动机可能并不是太坏。爱美之心，人皆有之嘛！

不过，这就形成了一个习惯。我们把一个不真实的自我呈现在别人面前，并以为这才是可爱的，才是有价值的。而那个真实的自我，则是上不得台面的残次品，是应该被掩藏和遮盖的。

这就是自我形象的分裂。我们不喜欢真实的自我，我们把一个乔装打扮的"假我"拿给大家看。

当这个"假我"被人欢迎和夸赞的时候，我们一方面沾沾自喜，觉得自己成功地扮演了一个角色，而这个角色就是别人眼中的"我"。另外一方面，我们的自卑加重了，我们知道外界的评价都是给予那个不存在的"我"，真实的我反倒像灰姑娘一样，躲在角落里拣煤渣。

长久下去，我们就变成了一个分裂的人。

这种现象，比比皆是。比如我们常常听到女性朋友说，结婚以后，他的真面目暴露出来了，我几乎不敢相信他和结婚前是同一个人。

也有的领导会说，这个人是我招聘的，当时看他十分勤快，想不到真的走上岗位以后，却非常懒惰，毫无工作的主动性。

以上这两个例子，最后是以离婚和炒鱿鱼作结。可见，伪装的自我，可以骗人一时，却不能矫饰久远，最后吃亏的还是你。

如果你觉得真实的自我还不够完善，那么最好的方法，是让自己渐渐变得完善起来，而不是敷衍、遮盖或欺骗。那样的话，自己很辛苦不说，离完美是越来越远。再有，天下的人都不是傻子，你装得了一时三刻，却没有法子永远生活在一个不属于你的光环之中。一旦被人家识破，你被减分更多。

我年轻的时候，心其实很累。因为总想表现得比自己真实的状态更好一些，便不由自主地要作假。后来，终于明白了，要以自己的真实面目示人。没有必要取悦他人，没有必要委屈自己。这样做了以后，我本以为机会一定要少很多，因为抱定了破釜沉舟的决心，只求这一生做一个真实的自我，付出代价也认了。不想，却多了朋友，多了机缘。

思来想去，原来大家都更喜欢真实的东西。你真实了，自己安全了，也让他人觉得安全，机遇反倒萌生。从此，竭力真实。不但自己省力、省心，节省出的能量可以做更多的事情，而且成功的概率也高了起来。

有时，倾听就是一切

专注的聆听和随心所欲的听，是完全不同的。做个小测验吧。你和你的朋友，算作一个小组。你是 A，她是 B 好了。第一个回合，她说，你听。

第一小节，她认真地说，你仔细地听。注意啊，是聆听。"聆"在字典上的意思是：书面语的听。当我端详这个字的时候，总觉得不是那么简单。"聆"是由"耳朵"的"耳"字和"命令"的"令"字组成的，我一厢情愿地相信这是对耳朵的一个指令，好像在说——耳朵，你可要好好地听，千万不可以走神不可以溜号啊，一定要记住你听到的话啊。

好了，回到我们的游戏中来。第一次，你是认真地聆听了五分钟。做完之后，请 A 问问 B 的感受。我猜 B 一定会说，很开心，很受鼓舞。如果是悲伤，觉得有人和自己一道走过，一起分担。如果是快乐，觉得是分享和共同的喜悦。

现在我们进入第二个回合。这一次，还是 B 说，A 听。只是 A 必须不认真听，可以任意东瞧西看，三心二意。或者是表面上做出听的样子，其实心思早不知道飞到哪里去了。一定要做到心不在焉。结果会怎样呢？让我来告诉你。B根本就坚持不了五分钟，早早地就鸣金收兵一言不发了。问问B的心理感受，B一定会说，我觉得很受伤，觉得一点儿意思都没有，算了，还有什么好说的？！

更有甚者，如果B是在大的哀伤和混乱之中，也许会萌生出严重的失落和自卑，会觉得我不是一个可爱和受人尊重的人，你看，连我的好朋友都对我这样爱搭不理的，我做人失败，晦气透了……

看吧，一个小小的聆听，就会有这样不同的结果。你若不相信，不妨再试一试。这一次，A、B的角色调换过来，上次讲话的这一次换作倾听，上一次倾听的这一次来说话。我相信，经过这样一个简单的角色扮演，你就会对倾听、聆听的重要性记忆深刻。

"听"这个动作，说起来平常，其实有很多奥妙。

"听"是一个古老的功能。当我们还是爬行动物的时候，就掌握了这种性命攸关的本领。直到今天，当我们闭上嘴巴，就可以不说话，当我们闭上眼睛，就可以封锁外界的光线。但是你没有法子关闭耳朵。

也许需要接受的信息太多了，听觉基本上分为三个层面：

第一个层面是生理专注。我们会对大的声响，或是尖锐的不同寻常的音色，保持高度的警觉。当我们发现这种声音会带来生理上的威胁的时候，会忙不迭地捂上耳朵。再变本加厉的时候，我们会拔腿就跑，逃避威胁。

第二个层面是心理专注。这有点像聆听了，我们不但在听，而且会用目光和身体语言，表达我们明白倾诉者的感情。人在，心也在。出于关切和爱护，我们的心愿意和她或他的一起跳动。这表达着一个善意——我愿意陪你一起走。

第三个层面就是精神的专注。我不单在听你说，我还在迅速地思考，我在想你的处境，你的辛苦，你这一切的由来，你的出路何在……当然，有些人仅仅停留在这一步，他会想很多，可是他不一定告诉你。他可能会说，也可能不说。说与不说，其实是倾听者的自由，不能强求的。相信那个作为叙述者的人，可以理会到这一层。咫尺之遥，人们都可以感觉出听的质量。

你也许会问，听完了之后，又怎样呢？

认真地倾听之后，你就会决定究竟怎样帮助他或她。也许，有时候，倾听就是一切。

一生中，你要找一双——至少要找到一双能够倾听你的耳朵。只要你一开口，它就能懂得你，不然的话，前言太长，序曲太长，是会让人不耐烦的。说完了前奏，就没有兴趣再说下去了。当然了，前提是相信自己是有价值的，自己的苦闷是有价值的，是值得朋友来倾听的。

查查你的归属感

心理学家阿德勒说过："人最大的需要就是归属的需求。"

如果你觉得自己乱成一团百无一用，很大的可能就是在这上面出了问题。归属，这是太不可忽视的内心需求，尤其是小孩子，如果他没有培养起正常的归属感，一生都会摇摆飘零。

有人四处走动，是为了寻找一个温暖的地方留下。有人不断告别，是因为没有谁能挽留他的脚步。有人不断超越，只因为梦想的指引无法止息。

归属，是人的第二生命。这一点是早期人类社会遗留给我们的集体无意识，你无法抗拒啊。

当然了，从那时到现在，许多年过去了，我们已经不怕被踢出一个山洞而无法生活，但恐惧依然强大地存在于每一个细胞之中，甚至能彻底动摇我们的自信。比如发言恐惧，就是常见的例子。很多人以为这毛病是胆子小，其实不然。人们尽可能地不在集体场合发言，以避免被人视为异类，就是归属感缺失的孑遗之一。因为如果你说出的话和众人不符，你就等于宣战。

珍惜愤怒

　　小时候看电影，虎门销烟的英雄林则徐在官邸里贴一条幅"制怒"。由此知道怒是一种凶恶而丑陋的东西，需要时时去制服它。

　　长大后当了医生，更视怒为健康的大敌。师传我，我授人：怒而伤肝，怒较之烟酒对人危害更烈。人怒时，可使心跳加快，血压升高，瞳孔散大，寒毛竖紧……一如人们猝然间遇到老虎时的反应。

　　怒与长寿，好像是一架跷跷板的两端，非此即彼。人们渴望健康，人们于是憎恶愤怒。

　　我愿以我生命的一部分为代价换取永远珍惜愤怒的权利。

　　愤怒是人的正常情感之一，没有愤怒的人生，是一种残缺。当你的尊严被践踏，当你的信仰被玷污，当你的家园被侵占，当你的亲人被残害，你难道不会滋生出火焰一样的愤怒吗？当你面对丑恶面对污秽，面对人类品质中最阴暗的角落，面对黑夜里横行的鬼魅，你难道能压抑住喷薄而出的愤怒吗？！

愤怒是我们生活中的盐。当高度的物质文明像软绵绵的糖一样簇拥着我们的时候，现代人的意志像被泡酸了的牙齿一般软弱。小悲小喜缠绕着我们，我们便有了太多的忧郁。城市人的意志脱了钙，越来越少倒拔垂杨柳强硬似铁怒目金刚式的愤怒，越来越少见幽深似海水波不兴却积郁极大张力的愤怒。

没有愤怒的生活是一种悲哀。犹如跳跃的麋鹿丧失了迅速奔跑的能力，犹如敏捷的灵猫被剪掉胡须。当人对一切都无动于衷，当人首先戒掉了愤怒，随后再戒掉属于正常人的所有情感之后，人就在活着的时候走向了永恒——那就是死亡。

我常常冷静地观察他人的愤怒，我常常无情地剖析自己的愤怒，愤怒给我最深切的感受是真实，它赤裸而新鲜，仿佛那颗勃然跳动的心脏。喜可以伪装，愁可以伪装，快乐可以加以粉饰，孤独忧郁能够掺进水分，唯有愤怒是十足成色的赤金。它是石与铁撞击一瞬痛苦的火花，是以人的生命力为代价锻造出的双刃利剑。

喜更像是一种获得，一种他人的馈赠。愁则是一枚独自咀嚼的青橄榄，苦涩之外别有滋味。唯有愤怒，那是不计后果不顾代价无所顾忌的坦荡的付出。在你极度愤怒的刹那，犹如裂空而出横无际涯的闪电，赤裸裸地裸露了你最隐秘的内心。于是，你想认识一个人，你就去看他的愤怒吧！

愤怒出诗人，愤怒也出统帅，出伟人，出大师，愤怒驱动我们平平常常的人做出辉煌的业绩。只要不丧失理智，愤怒便充满活力。

怒是制不服的，犹如那些最优秀的野马，迄今没有任何骑手可以驾驭它们。愤怒是人生情感之河奔泻而下的壮丽瀑布，愤怒是人生命运之曲抑扬起伏的高亢音符。

珍惜愤怒，保持愤怒吧！愤怒可以使我们年轻。纵使在愤怒中猝然倒下，也是一种生命的壮美。

图书在版编目（CIP）数据

你生而有翼：毕淑敏散文精选 / 毕淑敏著. -- 北京：北京联合出版公司，2023.4
ISBN 978-7-5596-6769-4

Ⅰ.①你… Ⅱ.①毕… Ⅲ.①散文集 - 中国 - 当代
Ⅳ.①I267

中国国家版本馆CIP数据核字（2023）第044986号

你生而有翼：毕淑敏散文精选

作　　者：毕淑敏
出 品 人：赵红仕
责任编辑：周　杨
选题策划：大愚文化
产品监制：孙淑慧
特约编辑：米　娅
装帧设计：宋祥瑜

北京联合出版公司出版
（北京市西城区德外大街 83 号楼 9 层 100088）
北京华联印刷有限公司印刷　　　　新华书店经销
字数 150 千字　880×1230 毫米　1/32　10.5 印张
2023 年 4 月第 1 版　2023 年 4 月第 1 次印刷
ISBN 978-7-5596-6769-4
定价：59.00 元